在流星雨中逝去的妳 5

She was killed by shooting stars.

松山剛
[插畫]珈琲貴族

Kadokawa Fantastic Novels

「我不是晚上才作夢。
我整天作夢；
我為活著而作夢。」

——史蒂芬・史匹柏

【recollection】

當時的感動，我到現在還記得很清楚。

『好的，那麼我們來唸下一張讀者明信片～這是住在×縣月見野市的「平野大地小朋友」寄來的。』

自己的名字被唸出來的瞬間，一道電流竄過我的背脊。「平野大地小朋友」——畫面上的男性剛剛唸出了這個名字。

是「太空人彌彥流一」唸的。

『今天的提問是這樣的——「要怎樣才能變成像彌彥先生這樣的太空人呢？」……呃～這個啊，是要怎麼做來著了？』

彌彥流一苦思該如何回答。他有著英挺的眉毛，壯碩的體格。是天才工程師，也是天野河星乃的父親。

『等等，彌彥，你為什麼答不出來？你不是太空人嗎～』

彌彥流一的身旁，一名黑色長髮的女性慧黠地打趣。天野河詩緒梨——是天才科學家，也是星乃的母親。

『要當太空人～呃～就是那個啊，那個，重要的是那個。』

『詩緒梨太空人，妳的話裡完全沒有資訊。』
『你知道的，就是那個啊，呃～～嗯，求知的好奇心！太空人最重要的就是好奇心了！』
『是沒錯，這當然也很重要……不過太空人最重要的資本還是身體吧。不要挑食，任何食物都要好好吃，努力運動，睡眠充足。要這樣打造出頑強的身體啊！』
『咦，我不吃的東西多得要命耶！我最討厭青椒了！』
『哈哈哈，妳這可是壞榜樣啊！大地同學，青椒也要吃喔！謝謝你的明信片！本週的「彌彥頻道」就到這裡結束！以上是來自ＩＳＳ「希望號」，我是彌彥流一——』
『我是天野河詩緒梨！大地同學，青椒不吃也沒關係！』
『喂喂。』
以播給小學生看的太空人節目而言，播放內容有點跳脫教育類節目的走向。然而這樣的內容很受歡迎，播放次數已經接近十萬次。
節目一結束，我就大喊：
「媽！媽！我的明信片被唸出來了！被彌彥流一唸出來了！」
這天，家裡非常轟動，之後我和母親一起看影片，一次又一次播放我的明信片被唸出來的場面。記得我在國小也瘋狂和同學們炫耀，深深以此自豪。
於是——

『我將來的夢想是當太空人！』

國小的畢業作文發表會上，我在同班同學面前大聲宣告。

當時我很天真，我相信自己真的當得上太空人。我聽彌彥流一的建議，不挑食，什麼都吃；也聽天野河詩緒梨的教導，懷著求知的好奇心，去看各式各樣的太空展覽與天文台——

我是從幾時開始放棄的呢？

我怎麼會一直忘記這件事呢？

當時的畢業作文放在壁櫥深處積了灰塵，不知不覺間已經找不到了。

第一章 Dark Web

1

「妳聽好了，要照計畫進行。」

「嗯……嗯。」

「這件事沒那麼難，妳要對自己有自信，去做就會成功。來，深呼吸。」

「嘶～呼～嘶～呼～」

「好，去吧。」我輕輕在少女背上一推。

二〇一八年一月二十一日十三點三十五分。這一天，一個對天野河星乃而言意義重大的任務就要開始執行。

少女從壓得很低的連衣兜帽下四處張望，戰戰兢兢地一路走到一間「店」。所幸我們避開了尖峰時間，沒有其他客人在。

——妳可要好好做啊……

我躲在電線桿後，目送星乃很沒自信地走著的背影。看少女踩著像是剛出生的小鹿一樣搖搖晃晃的腳步，連我都跟著緊張起來。

「您好，歡迎光臨！」便當店「更美味亭」的阿姨以一如往常的開朗語氣打招呼。即使隔得這麼遠，也看得出星乃全身一震。

「嘶～呼～～嘶～～呼～～」少女深呼吸，然後在手掌上畫「☆」號。這是她跟亡母學來的一種讓自己不緊張的魔法。

「請……請給……」少女口吃著告知。「請給我，便單。」

「好的，要便當是吧。要哪一種？今天炸雞塊便當有優惠喔。」

「啊，不是，呃，炸……炸……」

「炸？」

「炸啥……便當。」

「炸啥？小姐，妳該不會是名古屋出身？」

「不……不是……」

「那妳是在哪裡出生的？」

「呃……」星乃仰望天空。「太……太空……」

「啥？」

便當店阿姨露出詫異的表情。「I……ISS……」星乃的回答更加跳躍。我看不下去了，但我硬是忍住想馬上衝出去幫她的心情。有的節目會讓小朋友第一次去幫爸媽買東西，現在我就痛切地了解到那些在後面看得提心吊膽的爸媽是什麼心情。

——忍耐。忍耐、忍耐。因為如果她連一個人去買便當都辦不到——

就當不了太空人。

「好的，炸蝦便當兩個是吧。塔塔醬和辣醬油，要哪一種？」

「塔……塔塔……」

「塔塔是吧。兩個便當一共九百六十圓。」

星乃唰唰作響地拉開錢包上的魔鬼氈，遞出皺巴巴的千圓鈔。付錢付到一半，沒接好阿姨找的硬幣。「啊！啊！」她窘迫地撿起掉在地上的十圓硬幣，最後默默地一把搶過裝了便當的塑膠袋，讓便當店阿姨睜圓了眼睛。

然後——

「看到了嗎！看到了嗎！我辦到了！我終於辦到了！」

回家路上，成功完成任務的少女高興得手舞足蹈。「太棒啦～～」我也以幾乎沒有情緒起伏的語氣回應。

「看著，這就是炸蝦便當！」

「是啊，毫無疑問是『炸啥便當』啊～～太好了太好了～～」

「大地同學，你是不是有點看不起我？」

「我怎麼敢？」我一邊否認一邊按捺內心一股慢慢湧起的感情。每次聽到「大地同學」這個詞，就覺得一顆心要被令人心酸的遙遠回憶填滿。

——夢想是當太空人！

在手冊的空欄寫上這個「夢想」的少女最近開始進行一項「任務」。要當上太空人，需要通過JAXA嚴格的考試就不用說了，星乃在這之前還得先克服她的重度厭世。今天的「自己一個人去便當店買便當」也是任務的一環。這個少女斥罵別人的時候口若懸河，然而一旦對上會讓她有任何一點客氣的對象，無法溝通的問題就會嚴重到致命的程度。她會變得像隻別人寄放的貓一樣畏首畏尾，連事前練習過的台詞都會一再卡住，像今天也是好不容易才成功買到便當。儘管如此，昨天和前天她都已經來到店門前，卻因為「有地球人在排隊」、「年輕的店員我沒看過」這種不成理由的理由而退縮，搞得一再失敗。

「呵呵呵，我要慢慢品嚐這個值得紀念的炸蝦便當……」

少女踩著像是會配上哼歌音效的步伐雀躍地走著。太好了——我也跟著感到開心。

就在這個時候。

——咦、咦……？

事情來得唐突。我的視野突然晃動，讓我頭昏眼花地失去平衡。

極み
唐揚

「唔……」

我手撐在牆上支撐身體。深呼吸幾次，往前看，視野已經毫無異狀。

——剛……剛剛那是怎樣……？暈眩？

「大地同學～你在磨蹭什麼啦～？」

「啊，我馬上過去～」我這麼應聲，往前走。剛剛那是怎麼回事？

是累了嗎……我一邊這麼想一邊追上星乃，就聽見收到郵件的音效。從口袋裡拿出智慧型手機一看，發現收到了一封郵件。

——嗯嗯？

看到郵件的寄件人，我歪了歪頭。

【平野大地】。

寄件人的欄位上確實寫著我的名字。點開來一看，上面顯示的是我的郵件位址。

這是怎樣？自己寄給自己的郵件。莫名其妙。

更讓人莫名其妙的是內文。郵件裡只寫著一句話。

【還給我】。

就只有這麼一句。

——還給我？是要把東西還回去的那個還？……還什麼？

我又歪了歪頭，刪除了這封郵件。一定是垃圾郵件吧。

結果這是「第一封」。

2

「我們要開始開班會了～～」

宇野宙海以宏亮的嗓音開始主持。今天黑井冥子也像護衛似的侍立在她身旁，默默地正視整間教室。

「第二次志願調查表是到本週末截止收件。還有，三月有校內模擬考，也請大家早點開始準備。」

宇野以流暢的口才說完，班上男生問她：「志願？Universe是要當偶像嗎～～？」

「咦，我？這就……話說，不可以針對個人提問。還有，禁止叫我Universe。」

宇野帶著微微泛紅的臉清了清嗓子。

「那麼，進入下一個議題……大家也知道，我們班的盛田伊萬里同學確定從三月起就要去比利時留學。有人說想辦歡送會，我也徵得了老師同意，可以用學校教室來辦。所以，今天我想決定歡送會的內容。」

「咦～～不用辦什麼歡送會啦！」伊萬里用力搖手，為難地呼喊。

結果全班都有了反應。

「不用客氣啦，盛田同學！」「歡送會，我們要辦得熱熱鬧鬧！」眾人發出激勵聲，尤其喊話的女生特別多。

「大家……謝謝你們。」伊萬里眼睛有點水汪汪的，這麼回答。

——伊萬里留學也已經是下下個月的事啦……

伊萬里要去比利時留學，這件事我從去年就聽她說了。現在終於確定出發日期在三月，班上也開始飄散著一種送別的氣氛。有些女生甚至一聽到這個話題就會掉眼淚，可以看出伊萬里多麼受女生歡迎。

伊萬里去留學，那她和涼介的關係會怎麼樣呢？這個懸念就像行星似的，一直在我腦海中繞個不停。只是，誰也沒辦法硬把一男一女送作堆，而且，我也不知道無視當事人的意願這麼做是不是對的。我還找不到答案，離別的日子已經迫近。

說到離別，還有一件事令我掛心。

——今天我是來跟你道別的。

就是那個戴貝雷帽的少女「伊緒」。

她在臨別之際是這麼說的。

『接下來，我得去修復崩垮的平衡，所以在這個時代也只能待到現在。也就是說，這是我最後一次見你了。』

星乃進行Space Write，伊緒也追隨她似的出發了。後來我再也沒見過伊緒，而且她也沒來上學。她長期缺席，教室裡靠走廊的那個座位上今天也一樣空著。早從認識她時，她就一直神出鬼沒，但也因為她很可能是知道真相的少數人之一，這個從第三學期開學後就沒人坐的空位也在我心中留下了莫名的空白。

我發呆想著事情，班會仍在繼續。

「關於歡送會的內容，大家有什麼點子嗎？」

宇野這麼一問——

「卡拉OK大會！我家有器材，只要借到視聽教室就可以辦！」和伊萬里很要好的恆野朝陽立刻率先發言，結果帶動了氣氛。「那要不要在學校辦過夜聚會？我一直很想在晚上的學校過夜看看！」氣象社的浦野跟著說。「那就辦睡衣派對！」茶道社的天王寺這麼提議之後，對這些女生群的意見插嘴，用粗獷的嗓音喊出「三角運動褲派對！」的是校刊社的近藤。他還是一樣那麼堅定。

「…………」黑井默默在黑板寫下「卡拉OK大會」、「過夜聚會」、「睡衣派對」、「三角運動褲派對」。從上次的剽竊案以來，黑井在跟我獨處的場合就會跟我正常說話，但在班上仍然貫徹沉默寡言。姑且不說這個，黑井，三角運動褲派對不用寫上去啊。

「呃～～卡拉ＯＫ，我晚點會問問看能不能得到許可。過夜……多半有點難，不過我還是會去問問看。還有近藤同學……三……三角運動褲派對……這是要做什麼？」

被問到的近藤先應了一聲：「Yes－Universe！」做出軍隊式的敬禮，然後自信滿滿地回答：「就是大家一起穿上三角運動褲，玩騎馬打仗！」最好是差不多能有個人來阻止一下近藤了。

也因為是能在校方許可的前提下鬧個痛快，大家持續活絡地討論。「啊，在伊萬里打工的店裡怎麼樣？我們把店包下來，喝飲料乾杯！」「那我去跟店長商量看看。」「我想看伊萬里的時尚秀！」似乎是伊萬里的人氣讓女生提出了特別多的點子，忽然間還冒出了一個這樣的意見。

「時光膠囊怎麼樣？」

班上代表性的活力型人物羽村明日香喊話了。

「不錯耶，時光膠囊！」「我國小的時候就埋過。」「我也埋過！」「那個不是在畢業典禮之類的時候埋的嗎？」「伊萬里沒辦法參加畢業典禮，我們這個時候埋又有什麼關係？」結果得到的是善意的回應。

「那大家寫下將來的夢想，放進時光膠囊裡面怎麼樣？」

之前一直很客氣的伊萬里這麼提議，大家都贊同地表示：「夢想？」「不錯耶！」

「既然伊萬里這麼說，就這麼辦吧？」

最後宇野統整大家的意見。

「那麼，贊成盛田同學的歡送會辦『時光膠囊』的同學請舉手！」

3

時光膠囊啊……

銀河莊二〇一號室。我想起今天班會的情形，輕輕呼氣。吐出的氣息在冰冷的室內染白，又漸漸消融在空氣中。

——那大家寫下將來的夢想，放進時光膠囊裡面怎麼樣？

我並不是第一次埋時光膠囊。國小的時候埋過，記得是埋進一些帶有回憶的東西。只是，這次是「將來的夢想」。伊萬里是設計師；涼介是醫師；宇野是偶像明星；黑井是小說家。那我——

「呼～～呼～～好燙，燙！好燙！」身旁傳來少女吹涼拉麵的聲音，打斷了我的思緒。她吃的是我剛才拿現成食材煮的湯麵。

「妳可別燙傷了～」

「呼～呼～好燙！」怕燙的少女誇張地吹涼，然後用筷子撥開蔬菜，滋滋作響地喝了口湯，喃喃說了句：「好喝。」

「對吧？因為煮出了蔬菜的鮮味啊。而且蔬菜妳也要吃啦。」

「我討厭蔬菜。」

「挑食當不了太空人喔。」

「嗚……」星乃低吟一聲，以怨懟的眼神瞪著我，反駁：「就算不吃蔬菜也當得上太空人。」

真是前途多難啊……

我一邊嚼著星乃塞給我的高麗菜，一邊看著貼在牆上的「表」。

【當上太空人！　99任務】

〇便當

・買便當　☆　CLEAR!

・排隊　☆☆

・跟阿姨打招呼　☆☆☆

〇挑食
・吃豆芽菜　☆
・吃胡蘿蔔　☆☆
・吃青椒　☆☆☆☆☆☆☆☆☆☆（↑最終任務）

〇游泳
・把臉泡進臉盆　☆
・水中步行　☆☆
・在水中睜眼　☆☆☆
（以下省略）

順便說一下，表中的「☆」是標示該項任務的「難度」，這是由星乃自己判定。她千辛萬苦買便當的任務是「☆1」，所以真令人不敢想像接下來會有多艱辛。還有青椒的難度也太高了，還「☆10」咧，妳是有沒有這麼討厭吃青椒。

順便說一下，這任務當中「游泳」的項目會這麼多是有以下理由。

■JAXA　國際太空站乘組員　太空人候補　徵才要項（摘錄）

【應徵條件】

（5）擁有訓練時所需之泳力（穿著泳裝及一般服裝分別有能力游75公尺：25公尺×3趟。另外，須能踩水10分鐘）。

要當太空人，這第（5）項就規定了要有「泳力」，也就是要會「游泳」，是必備條件。因為水中和太空有很多共通點，例如無法呼吸以及受重力影響小等等，實際的太空人訓練項目中就有很多以水中代替太空來進行的模擬訓練。

順便說一下，星乃豈止不會游泳，甚至不敢把臉泡進臉盆裡。

「吃了這個，就要拿『臉盆』特訓了吧。」

「這……」星乃停止吸拉麵，喪氣地說：「下次吧……」

「之前妳不也講了一樣的話來延期嗎？」

「因為，我就，很忙啊，很多事情。」

「妳說忙，是忙什麼？」

「像是我找到了蓋尼米德的線索啊。」

——！

這個突然出現在談話中的詞彙，讓我停下了吃飯的動作。

「蓋尼米德……是怎樣的線索？」

「你等一下。」星乃站起來，撥開大堆破銅爛鐵，消失到房間裡，然後又回來，手上多了一台筆記型電腦。

「之前我們入侵了一個叫『nebuloud』的雲端服務，你還記得嗎？」

「nebuloud……」我翻找記憶一瞬間。「就是Europa用的那個？」

「對，就是那個。」

星乃一邊吸著拉麵一邊等到作業系統開機，然後繼續解釋：「我繼續查這個雲端服務，結果查出了一些事情。」

「初代Europa——井田正樹，是在那個網站上和一個叫『ＨＡＬ』的人聯絡。」

「也就是伽神春貴吧。」

「沒錯。」她咕嚕咕嚕喝著湯。

伽神春貴是從未來Space Write過來，抄襲了黑井冥子小說的「剽竊犯」。儘管結果黑井成功從伽神手上搶回了作品，但我們還不知道「ＨＡＬ」之前都在雲端服務上做些什麼。

「『axsnblngc』——這個字串，你還記得嗎？」

「呃～～……就是那個吧，我們在ＧＨＱ Online打贏的時候，Europa留給我們的暗號。」

「對。透過這個暗號，我們才找到了這個雲端服務。可是，這個暗號有雙重含意，這個雲端服務還有『更深』的內容。」

「更深？」「你看著。」星乃操作無線滑鼠，在畫面上挪動游標。然後她從這個看似尋常的副標題英文字串裡，將「a」、「x」、「s」、「n」、「b」、「l」、「n」、「g」、「c」等字母一一拉起，並雙重點擊。

結果——

「啊！」畫面變黑，然後切換。換上像太空的背景，有星星似的小小光點在閃爍。

「隱藏畫面嗎？」「這個，看起來像什麼？」「咦？」我仔細看畫面。三個星星般的光點並排在畫面正中央，很特別，從星星的上下配置來看，也像是日式樂器「小鼓」。

「獵戶座？」「是啊，很明顯。」她說到這裡，先把剛才的瀏覽器縮小，點選不知不覺間出現在工作列上的「Orion」圖示。

「接下來才是真正的『黑暗』。表層的雲端是『真的』，卻也是『幌子』，是這樣的雙重結構。」畫面上顯示出同樣的雲端服務，但這次網域名稱變成「.orion」。

「這個網站是？」

「人們認為龐大的網路空間中，存在於最深層的領域，稱之為——」

星乃以有點像在演戲的口氣說了。

「Dark Web。」

4

一般而言，網路空間可以分為兩類。

首先是「表層網路（Surface Web）」。這是指對大眾公開的網站群。能從亞唬或谷格尼爾這類熱門搜尋引擎找到的網站，全都包含在這表層網路當中。以冰山來比喻，就是露出在海面上的部分。

相對地，只有會員之類特定人士才能接觸的網站群則稱為「深層網路（Deep Web）」。例如必須經過特定ＩＤ與密碼認證才能進入的郵件信箱或帳號資料，就屬於這一類。以冰山來比喻，就是潛藏在海面下的巨大冰塊。據說實際的網路空間，有九成以上都屬於這種深層網路，我們日常所看到的「表層（Surface）」不折不扣只是冰山一角。

從這深層網路再往下鑽，還存在著更深的「深海」，這就是「黑暗網路（Dark Web）」。如果不使用專用的瀏覽器或軟體就根本無法連上，是一般人連入口都到不了的網路最黑暗的底層。這些網站會透過特殊的編碼技術通訊，讓使用者以匿名方式互相通訊，進行藥物、槍械、偽鈔、偽造護照等各式各樣違法的交易，是有著無數罪犯熱鬧聚集的黑市。

「喂，連上這種地方要不要緊啊？」

有關黑暗網路的事，我也曾耳聞一些網路流言。網際網路上的「黑暗」網站已經變得有點像是怪力亂神的都市傳說。

「不用擔心啦，透過這種叫作Orion Routing的特殊編碼通訊，我們的ＩＰ位址和通訊內容都不會被別人知道。這種通訊技術是在一九九〇年代由美國海軍研究所著手開發，目的是用來提供政府在網路上進行諜報活動所需——（中略）——以這樣的形式，在經由入口節點、中繼節點、出口節點的過程中加密，藉此保持通訊的保密性，並用獵戶座的三顆星星來比喻這三個過程，所以冠上獵戶座的名字——（中略）——因此，即使是網路警察，要找出這些通訊的來源也是極為困難的。」

「好啦好啦，可以了，繼續說下去。」

「哼～～」

星乃不滿地鼓起臉頰，連連點擊滑鼠，在網站上移動。

「Europa與ＨＡＬ在這黑暗網路進行過某些『事情』。帳號的紀錄都已經被刪除，但可以想見他是透過連結去黑市消費。」

「黑市？所以妳是說Europa他們在買東西？」

「是啊。例如這個。」

星乃點選一條連結，連往黑暗網路內的另一個網站。

【DEEP SPACE】。

這個以遙遠的太空另一端——「深太空」命名的網站，表面上倒也像是個表層網路中會有的購物網站。頁面上有著琳瑯滿目的商品名稱與照片，甚至還有買家給賣家的評價「☆」號。然而，上面列出的商品都是一看就知道不合法的貨色，尤其手槍更是一目了然。

「這……應該不是模型槍吧？」

「想也知道是真槍吧？除非是詐騙。」

「不會被違反槍砲刀械管制條例之類的罪名逮捕嗎？」

「剛才我不也說過嗎？黑暗網路上的通訊是經過特殊的路由器加密，連網路警察都無法輕易解讀。在海外也發生過黑市遭到揭發的情形，但幾乎都只是透過表層網路的線索追查而舉發。加密本身，連FBI的專家都未能解讀。」

黑暗網路——當中的黑市，若無其事陳列販賣的每一樣物品都「可怕」得讓人覺得是開玩笑。理所當然般販賣的偽造護照、顯然是假鈔的美元紙鈔、有標記純度的毒品……各種只會在電視新聞或電視劇上看到的貨色陳列得琳瑯滿目，全都是些一旦沾染上就保證會身敗名裂的玩意兒。

「這裡是怎樣啦……真的是日本嗎？」「很多地方的日語譯文怪怪的，所以我想可能是海外市場的日語版。只要付虛擬貨幣，什麼都買得到。像這樣的東西也行。」星乃說到這裡，把游標移到一個黑市所販賣的商品。

「啊……咦？」是這樣一款商品。

【整套太空裝】。

「這……」一眼就看得出是假貨。雖然可以看到上面有NASA的LOGO，但做工明顯粗糙，頭盔大概也是拿機車安全帽來湊的。騙小孩也該有個限度。

「大地同學不覺得這個小家子氣的Cosplay服裝眼熟嗎？」

「該不會是……」「那個身影」隨著苦澀的記憶慢慢浮現。「Europa事件的？」

「對，第三個Europa——川井裕一在墓園攻擊我們的時候，就Cosplay成太空人。這和他當時穿的服裝很像。」

「這會是巧合嗎？」

「那這個你要怎麼解釋？」

星乃又指出另一件商品。這次是手槍。我不清楚手槍的種類，但對「S&W」、「貝瑞塔」、「柯爾特」等廠牌至少還聽過。

「川井裕一嫌犯在案發後，對警察是這樣供稱的。他說有個匿名人物把手槍和

Cosplay服裝送到他的住家。」
「妳是說，就是從這個購物網站寄給他的？」
「終究只是可能性。在第二Europa事件裡，富樫正明嫌犯的手槍來路不明，只有由別人透過宅配送來這點共通。然後，我用第一個Europa的帳號連上販賣手槍的市集，那套破爛的Cosplay太空裝也有。這一切全都只是碰巧、巧合？還有，這個也是。」
星乃說完，又顯示出一個佐證她主張的頁面。
【賣催特帳號　「名人帳號」「跟隨者10萬人以上」】。
這個頁面還有這樣的名字。

【天野河星乃】。

「假……假貨……？」
那是冒充星乃，甚至還辦了「網聚」的冒牌貨帳號。
「照理說不是應該停止活動了……」
「跟隨者與休眠帳號的買賣，這不是什麼稀奇的事情。」
「唔……」如果只有手槍，未必不能說是巧合。可是，混在槍械與藥物當中的，還有這種突兀的Cosplay太空裝，以及「假帳號」的買賣。這有可能全出於巧合嗎？

「所以是井田正樹在這裡備齊了手槍跟犯案所需的工具，把這些寄給第二、第三Europa嗎？」

「也說不定是伽神春貴寄的。」

井田或伽神和第二、第三Europa事件有關——這是連警方也尚未掌握住的事件構圖。

「可是，井田……記得是……怪……怪了？」

——「主謀另有其人」。

先前宇野秋櫻指出問題的一句話在我腦海中甦醒。沒錯，第二Europa事件另有「主謀」，而第三Europa也有著同樣的背景。然後——

「『Europa是被培養出來的』。」星乃又說了一次以前說過的台詞。「我們本來就已經透過文字探勘（Text Mining）知道有個片面教唆犯——有個『主謀』在操縱Europa，也就是井田正樹。而在《GHQ Online》，Europa也一直離不開『這個人物』的影子。第一、第二、第三個Europa全都有個『主謀』在操縱，認為這主謀都是同一人，這樣的事件構圖反而才自然。這個人物也就是——」

星乃說出結論。

「『蓋尼米德』。」

這句話就像刺骨的寒冰，一陣涼意在我的背脊直竄而過。

「就是蓋尼米德透過黑暗網路，把歷代Europa當成手腳來操縱。因為是黑暗網路，也就不會留下痕跡——這樣一想就覺得都說得通了。」

「那麼，蓋尼米德潛伏在『這裡』嗎？」

「這個可能性很高吧——好啦，要開始了。」

我問星乃打算做什麼。「就是之前對Europa做過的事。」她以強勢的表情微笑。

「『看我把蓋尼米德逼出來』。」

5

Europa是被培養出來的。

星乃過去曾看破這一點，試圖在匿名布告欄「揪出」幕後黑手。她運用文字探勘的手法，從布告欄的留言中篩選出疑似犯人所留的留言，跟這個人針鋒相對地對話。當時我們引發了對方的戒心，被對方給跑了，但相對地，那的確也是我們最接近事件幕後黑手的瞬間。

「黑暗網路上也有布告欄或聊天室之類的嗎？」

「當然有。」

「那要像之前那樣搞嗎？搞文字探勘。」

「那也行，不過有更直接的切入手法。」

星乃說完，手指在鍵盤上喀噠喀噠敲了幾下，顯示出「Europa」的帳號資訊。

「五百萬RTC（Rocket Coin）……差不多五十萬日圓吧。」

「這RTC，是虛擬貨幣？」

「RTC是亞特幣（Altcoin）的一種，在這個黑市，似乎和比特幣（Bitcoin）並列為推薦的交易貨幣。Europa的帳戶也在我們手上，我們就心懷感謝地拿來用吧。」

「之後會不會被告啊？」

「可是如果我用自己的存款，你就會阻止我吧？」

「玩網路遊戲課金上百萬，任誰都會阻止的。」上個月，這個少女在網路遊戲中花了一百萬圓以上去買課金道具，結果被監護人真理亞狠狠罵了一頓。我也在她身邊一起跪坐聽訓，飽受池魚之殃。順便說一下，我根據當時她買的課金道具名稱，在心中將這件事稱為「海神破壞戟（Poseidon Crusher）事件」。

「所以，妳打算拿這RTC做什麼？」

「嗯～～爆買？」

「咦？」我還沒反問，星乃已經把剛才的「太空裝」放進購物車，然後按下購買按鈕，三兩下就完成了結帳。

「喂，妳買這個做什麼啊？會很危險吧？」在這種黑市進行交易，誰也不知道會被牽連到什麼樣的麻煩裡。怎麼想都覺得對方不是正派的人。

「不用擔心，因為這是Europa的帳號。」

「Europa會出事吧？」

「我打從心底不覺得他會怎樣有什麼關係。」少女說著豈有此理的話，繼續「購物」。這次竟然還將手槍放進購物車。

「等等，手槍？妳——」

「順便再買個假帳號吧。啊，這個也要。」星乃接連把商品丟進購物車，按下購買鍵。Europa帳號中的剩餘金額迅速減少。

「好了，還有什麼要買的嗎？」星乃問我的口氣就像在附近的超市買東西一樣。

「我想先問妳是用什麼樣的基準在買。」「你看不出來？全都是『相關商品』啊。」「相關商品？」我再次查看清單。手槍、假帳號、那款太空裝……看似看到什麼就買什麼，但這些東西有著共通點。

「Europa事件的？」

「就是這麼回事。」星乃說明計畫的意圖。「如果Europa是聽蓋尼米德的吩咐行動，那麼本來他在這裡應該只會買蓋尼米德指定的商品。然而，Europa的帳號莫名突然開始『爆買』商品，而且全是跟以前的事件相關的商品，你覺得事情會怎麼演變？」

「Europa那傢伙沒聽我吩咐就買這些，打算搞什麼鬼——大概會這樣懷疑吧。」

「答對了。」

「原來如此啊……」我理解了少女的意圖。

然而，現實中卻發生了與星乃的企圖不同的情形。

【推薦精選商品上架了！】

畫面上顯示出一則訊息，語氣十分歡樂，一點都不像黑市。想來多半是Europa以前設定的，畫面上的新商品追加通知欄顯示著「1件」。

「會是什麼呢？」星乃點選「1件」的連結，結果顯示出先前她買過東西的賣家網頁。是那個賣Cosplay級「太空裝」的賣家。

看到上面所賣的「新商品」的那一瞬間——

「「啊！」」

我們兩個同時驚呼出聲。

「為什麼，這個，會在這裡……」

星乃承接我的疑問，說道：

「威利……」

6

以黃色為基調的機身，黑色的邊。雖然破損，但從旋翼形狀就可推知是屬於八旋翼機——名字就叫「威利」。

是那台以前由星乃自行開發，在隕石群落到月見野市時非常活躍的「無人機」。為了回收可能附著在隕石上的「外星生命」，我們讓它在本市外圍的山上飛行，但執行任務的過程中和神祕無人機交戰，最後眼睜睜看它墜落，是一架很有悲劇色彩的無人機。

——這玩意兒，為什麼會在這裡？

「有沒有可能是外觀很像的另外一台？」

「不可能。」少女立刻斷定。「八旋翼機本身不稀奇，我也是用市面上買到的零件做的。可是，連造型設計和細部改造都一致是不可能的。」

星乃這麼說完，儲存了照片，開始和威利的原始資料比對。折斷的旋翼與平衡環架是很難比對，但鮮明的黃黑配色設計以及軀幹下方裝設的樣本回收用容器，的確怎麼想都不覺得會是湊巧一致。

「樣本……還在裡面嗎？」

「包括這點，我都想弄清楚。」

「那這個也要買了？」

「只是……」星乃說到這裡，皺起眉頭。「為什麼是拍賣？」

就如星乃所說，市集的標示上有著「拍賣」的圖示，點下去就跳到另一個網頁。

【DS拍賣】改造無人機（八旋翼機）

競標價格：50,000RTC　〔出價按這裡〕

馬上買：無

剩餘時間：30分鐘

出價次數：0次

自動延長：開啟

商品狀態：中古，有破損

商品說明：破損狀態嚴重，請作為更換零件用。

「黑市也有拍賣？」

「基本上就和一般的市集一樣。雖然我是第一次出價就是了。」

「妳要出價？」

「當然。而且剩餘時間設定在三十分鐘，沒時間磨蹭了。」星乃毫不猶豫點擊「出價按這裡」按鈕。出價次數變成「1次」。

「換算成日圓，相當於五千圓啊……好便宜喔。這樣真的能賺錢嗎？」

「你幹嘛擔心對方？這本來就是我的東西，我還嫌付錢可惜呢。」

「這麼說也是喔……」雖然不知道賣家賣「威利」是打什麼主意，但我們沒有理由錯過。畢竟我們先前在山上找了老半天都沒能找到威利，現在卻能拿回來，這是千載難逢的良機，而且五千圓的確便宜。

時間分分秒秒過去，剩下不到一分鐘。「輕輕鬆鬆啊。」就在星乃做出勝利宣言的瞬間——

【您的出價被超越了！】

「……咦？」

我和星乃對看了一眼。網頁上面的出價次數是「2次」，競標價格也被變更為「51,000RTC」。

「還有別人競標？」意料之外的事態讓我也嚇了一跳。半毀的無人機，拍賣短短三十分鐘就有人競標。本來只剩短短一分鐘的結束時間也被自動延長系統延長為五分鐘。

「為什麼會想要這種東西？這只是掉下去摔壞的中古無人機耶。」

「我哪知道。不管怎麼說，要做的事情都只有一件。」

星乃理所當然地進行「再競標」，將價格提升到「52,000RTC」。

然而——

【您的出價被超越了！】

「唔……」

對方也再度競標以對抗星乃的再競標。這樣競標價格就來到「53,000RTC」。

「想搶贏我是吧？」星乃再度競標，將價格拉升到「54,000RTC」。

然而——

【您的出價被超越了！】

——為什麼會較勁到這種地步……？

我可以理解星乃想拿回「威利」的動機，但我不明白對方有什麼理由要如此執著於一架中古無人機。

難道是……Satellite公司？

以前我們派威利去回收樣本時就受到來路不明的無人機軍團阻撓。Cyber Satellite公司正巧就是在那陣子發布要進軍無人機事業的消息，無論我或星乃，至今仍在懷疑那個無人機軍團是Satellite公司派來的。

【您的出價被超越了！】

「哼唔……！」星乃不耐煩地按下再競標按鈕，讓競標戰愈演愈烈。「310,000RTC」→「320,000RTC」→「330,000RTC」→「340,000RTC」。金額不斷竄升。如果對手真的是Satellite公司，那可是全球屈指可數，在國內更是最大規模的太空企業。在這個時候展開金錢遊戲似的對決會很不妙。

「星乃，不行！再拚下去不妙……！」

我搶過滑鼠，星乃大喊：「還我！」伸手過來搶。「只差一點點就贏得了啊！」「如果對方是Satellite公司怎麼辦！」「別管那麼多，還我就對了！」星乃搶過滑鼠，我立刻從她身後架住她。「放開我！放手，放手～～！」少女胡亂揮舞手腳，全力掙扎。我一邊挨著她猛力甩頭的頭槌上鉤攻擊，一邊馴服這匹悍馬。馬力全開大鬧的小孩實在讓人應付不來。

【剩下最後1分鐘！】

「500,000RTC」。

我方帳號再度進行出價。

「這……！」我懷疑自己的眼睛。星乃根本沒碰鍵盤，為什麼會這樣？

「哼哼哼，大地同學太天真了。」

「啊，妳設定了『自動出價』是吧！」

「答對了！」

自動出價功能就如名稱所示，是自動進行出價的功能，會自動把對方競標的價格加上一定金額，進行再競標。這項功能會持續作用至達到事先指定的上限金額為止。

「620,000RTC」→「630,000RTC」→「640,000RTC」→「650,000RTC」→「660,000RTC」。

競標價格又開始無窮盡地上升。再這樣下去，又會重蹈海神破壞戟事件的覆轍。

「不行……！」我將手伸向滑鼠。「想得美……！」這次換星乃撲上來按住我。

我們的姿勢和先前相反，星乃就像抱住抱枕似的從正前方抓住我，我失去平衡，但仍往前進。手一伸過去，滑鼠就被揮開，鍵盤也被踢開。「不……不要礙事……臭……臭傢伙！」「我……我才要說……大地同學，不要礙事！」我們正扭打得難分難解——

【恭喜得標！】

時限剛好到來，宣告了星乃的勝利——也就是我的敗北。

「成交價格：30,010,000RTC」的顯示字樣亮起，宣告拍賣結束。

「看來對方的資金只到三千萬RTC啊。哼，竟敢跟我比課金，不知天高地厚。」

「這個換成日圓是多少啊？」

「大概三百萬吧。」

「三百……」我張大的嘴再也合不攏。損害金額達到那惡夢的海神破壞戟事件的三倍，讓我有點頭昏眼花。

「真理亞伯母會變成魔鬼的。」

「不……不用擔心，只要大地同學你不說。」星乃似乎想起了先前的訓話地獄，微微發抖了一會兒後才開口。「因為全都是用Europa的信用卡買的。」

我嘆了一口氣，對這個把黑市鬧得天翻地覆的少女說：

「妳才是最黑心的一個吧。」

7

從山手線的車站徒步三分鐘。

「那麼平野學長，我失陪了。」

「不好意思啊，給你們添了這麼多麻煩。」我捧著才剛拿回來的紙箱，對上戶樹希道謝。

我今天和Europa的弟弟上戶樹希來到位於東京都心的某個地方。回頭看向剛才我們所待的建築物，招牌上用洗鍊的字體寫著「Mailbox Company」。根據上戶的說法，這裡就是他哥哥常用的「私設私人信箱」——自己家以外的「信箱」，今天我們就是來這裡收取從黑暗網路買到的一系列商品。當然我把事情都跟上戶說了。

「不好意思啊，我們占用帳號，甚至還擅自買東西。」
「不會，哪兒的話！」
上戶不斷搖手，遮住半張臉的長瀏海跟著搖動。
「家兄給她添了那麼多麻煩，真的是有什麼需要都請儘管吩咐。」
「謝啦。錢我們一定會匯過去的。」
「慢慢來就可以了……那我失陪了。」上戶以近乎恭敬的態度一鞠躬，然後走向車站。彎過轉角時，可以看見他又一次轉身朝我低下頭，這種太有禮貌的態度反而讓我感到惶恐。
好啦……
上戶的身影消失，我先放下紙箱，然後從口袋裡拿出智慧型手機。
「喂？星乃？上戶回去了，妳可以出來啦～」
『…………』
手機沒有回應，而是有個人從附近的便利商店走出來。這個人個子很小，是個把連衣兜帽壓得很低的少女。
「這就是威利？」
星乃探頭來看紙箱。她似乎不想見上戶，剛才一直在便利商店等。
「其他貨呢？」

「還沒送到。」

「那打開。」

「在這裡？」

「對啊，馬上打開。」

「好好好。」

我對急性子的少女聳著肩膀，找可以坐的地方。前方不遠處有個停業中的店鋪，我們在店鋪前的長椅坐下後，星乃立刻應聲撕開膠帶。當我擔心萬一裡面裝的是爆裂物或危險物品該怎麼辦，卻為時已晚，少女毫不猶豫，喀啦作響地拿出了裡面的東西。

「威利……」

感慨萬千的聲音從少女的喉嚨湧出。從箱子裡出現的，的確就是星乃親手做的無人機「威利」，仿蜜蜂外型的機身以及好認的八組旋翼。

「好厲害啊，沒想到真的會回來……」

坦白說，這是從黑市買來的商品，所以我們也做了有可能只是詐騙的心理準備。然而，實際上卻以超乎想像的細心包裝送了過來，這讓我覺得很意外。似乎是為了避免在搬運途中破損，貨品嵌進細心削好的保麗龍之中，讓人感受到一種專業精神。

「今天心情真好。回家路上我們買個炸蝦便當吧。」

「已經有貨物要搬，我才不要。」

「你沒看到這平野大地券嗎～～」星乃從錢包裡拿出像是月票卡套的東西，把裝在裡面的「平野大地券」拿給我看。這是我送她的「可以把平野大地叫去她家券」，但星乃莫名地誤以為是「可以命令平野大地做任何事情券」。

「這券不是這個意思，要我說幾次——」

就在我一邊發牢騷一邊為了抄捷徑去車站而走進小巷時——

「哎呀，平野學長？」

——！

看到在巷子裡撞見的人物，我嚇了一跳。

站在那兒的是個一頭長髮隨風飄揚，身材修長的少女。她的頭髮似乎是反射出照在巷子裡的陽光，發出帶著點紫色的光澤。

「犂……同學？」

「請叫我紫苑喔。」

少女用優美細長的手指梳理長髮，一邊靜靜微笑。今天她身穿奶油色的大衣與看來硬挺的靴子，比在學校的模樣成熟。

犂紫苑，月見野高中一年D班，前幾天解讀了Cyber Satellite公司主辦的「太空加密文懸賞」，一躍成為「風雲人物」的高中女生。網路與週刊雜誌上還以「天才美少女高中生」的標題報導得十分轟動。

「……誰？」

星乃躲在我背後問起。她平常態度囂張，但一遇到這種時候就會立刻變得很怕生。

「同高中的學妹，犂同學。」

「…………」

星乃仍然拿我當擋箭牌，盯著紫苑看。這時我才想起星乃上次像這樣見到同一間高中的學生，是什麼時候的事啦？大概是以前在站前碰到伊萬里那次吧？

「犂同學為什麼會來這種地方？」

「只是碰巧啊。剛好有事情要來這附近。」

「這樣啊……」

又不是住家附近的車站，會像這樣湊巧撞見嗎？而且還是在這樣的小巷裡。

「妳是天野河星乃學姊，對吧？」

紫苑親熱地對她說話。「…………」星乃仍然不吭聲，輕輕抓住我的袖子。而今天這個怕生的少女很罕見地主動問了問題。

「——加密文。」星乃低聲問起：「妳是怎麼……解開的？」

她指的是那個「太空加密文」。從遙遠的外太空送到ＩＳＳ上的二位元資料。

「這個嘛，我是怎麼解開的呢？」紫苑明顯是在含糊其詞。

「告訴我。那玩意兒應該不可能直接解讀。」星乃明明是第一次見到對方，卻以命令的口氣說下去。「我就解讀不了。」

「妳真有自信。可是這世上是人上有人呢。」

「妳從一開始就知道還原二位元資料的加密機制。」

「妳的想像力好豐富喔。但這話不太對呢。」

「不對？」

「妳也知道二〇一〇年的加密機制考題吧？無論是多麼複雜的加密方式，都會隨著電腦的進步而流於陳腐，就像我和妳一樣。」

「妳想說我是落伍的電腦嗎？」很難得看到星乃像這樣和別人說話說得很流暢。之前也曾經有過在電視台追問六星，或是在ＪＡＸＡ逼問真理亞的情形，但我覺得這次和那些情形又不太一樣。我也說不清楚，但就有點像是在享受與同等知性水準的人之間你來我往的樂趣。

「呵呵呵，妳不用那麼懊惱。這在現階段是必然的。如果妳也有『這個』，早晚也會得出答案。」

紫苑以纖細的手指指向我手上的紙箱。

——這是怎樣？

她應該不會知道紙箱裡裝了什麼，而且這件事本來就跟她無關。然而紫苑卻煞是興味盎然地盯著「紙箱」看。

「『那個人』多半是很想獨占『鑰匙』，但該說作風惡劣還是小家子氣呢？」

那個人？鑰匙？她在說什麼？

「我指的是六星先生。」

咦？我拉開一步的距離。剛剛她說了「六星」？而且，她剛才是不是先預判出了我的心思？

「不好意思現在才說，我最近在這個地方就職了。」她一彈響手指，接著就像變魔術似的，手上出現一張卡片。

【Cyber Satellite股份有限公司　〈第一祕書室〉犂　紫苑】。

「Satellite公司！」

「你們這麼震驚，就不枉我請他們做了這名片呢。」

她為什麼會去Satellite公司？她跟六星是什麼樣的關係？搞不好就是因為解讀那個加密文而認識的？太多資訊一下子湧入，讓我腦子一團亂。

「啊，可是，這就像是我在這個時代的『副業』，大概不算是主業吧～～」

「咦？咦？副業……？」我跟不上話題。她到底在說什麼？

「呵呵，你愣住的表情也很可愛呢，平野學長。我就來揭曉謎底吧——」

接著，眼前的嘴唇未免太乾脆地揭露了核心。

「『我就是蓋尼米德』。」

下一瞬間，深紅的血沫噴起。

第二章　表白

1

我覺得時間彷彿停止了。

深紅色的液體像噴霧似的噴起，而我花了些時間才認知到那是從我的手臂噴出的。

「嗚，啊……」

我膝蓋跪地，左手垂下。手腕附近有著像是被刀刃砍過的傷口，紅色噴霧般的細小飛沫隨著脈搏噴出。

「大地同學……！」

星乃大喊一聲，從上按住我的手腕。連她的衣服都染成了深紅色的水滴圖案。

「我本來只打算簡單打個招呼，是不是弄得比意料中深了？」

紫苑緩緩搖動指尖，還五指併攏，彷彿剛剛那一下是用這手刀砍的。

「星乃，妳快走……！」

「可……可是……」

「別說那麼多了！」

我揮開星乃的手，自己按住手腕。血沫不再噴出，但痛楚慢慢侵襲上來。

「嘻嘻，痛是活著的證明喔。」

「妳……這傢伙……」

——主謀的名字叫作「蓋尼米德（Ganymede）」。滿意了嗎？

在手上竄過的痛楚之中，我明確地想了起來。這是以前我聽伊緒說過的話，蓋尼米德——大流星雨的主謀——

「殺害星乃的人」。

「啊，你的表情變了呢。變成男生的表情了。」她明明是學妹，卻以年長者的口氣說話。不，年齡已經不重要了。這女的就是引發那史無前例的太空恐怖攻擊的罪犯——

「妳……真的是『蓋尼米德』？」

我按住手腕，從下方瞪著她。連我自己都感受到痛楚轉變為敵意，再轉為憎恨。星乃在我身旁畏畏縮縮。此時此地，我非保護星乃不可。這種意志讓我克服了恐懼。

「沒錯，我剛才就是這麼報上名號啊。我就是蓋尼米德，是你們要找的那個人。」

少女老神在在地回答。

「……為什麼……」我一邊用手帕纏住手腕，一邊慢慢後退。「妳要引發那樣的恐怖攻擊？」

「恐怖攻擊？」

「就是大流星雨。」

我刻意繼續對話。我是很想找空檔逃走，但要逃走就需要時間和距離。

「大流星雨……呵呵，好久沒從別人口中聽到這個字眼了。」

——救、救、我。

我自己說出這個字眼之餘，心中不容分說地浮現出一個景象。是在太空逐漸被光吞沒的星乃；是朝我伸出手向我求救的星乃；死掉的星乃。我咬緊牙關。就是這傢伙，就是這女的把星乃——

「平野同學，請你不要用這種眼神看我。你誤會了一件事。」

「誤會？」

「『主謀』是我的這件事，你到底是聽誰說的？」

「這——」腦海中浮現出戴貝雷帽的少女身影。我確實聽她說了，說主謀就是蓋尼米德。

「我看又是那個多管閒事的貝雷帽女生灌輸給你的吧？」

紫苑看透我似的指出這一點。我在手腕上纏好手帕，這樣一來先不說痛楚，至少出血漸漸止住了。傷不是那麼深——

「你如果對伊緒說的話囫圇吞棗，會看不清真相的。她雖然不會說謊，但對於真相也只會給出拼圖拼片似的片段。你也並不是真的找到了什麼能夠證明我就是主謀的證據吧？」

「…………」

我一邊瞪著對方一邊尋找空檔。距離拉開到兩三公尺，出血也止住了，之後只剩拔腿飛奔。

「Balancer、調停者、調整員……我不知道伊緒是怎麼介紹她自己。」紫苑開心地說下去：「建議你，真相永遠要親眼見證。」

我想保持距離，護著星乃往後——

紫苑說著慢慢開始走近。

——！

雙腳動彈不得。為什麼？身體突然——

「星——」星乃快逃。這句話卡在喉嚨。

不妙，我知道這個感覺。只是被她注視，身體就完全僵住，有種沉在丹田的壓迫感。沒錯，這是——

糊塗的我到現在才總算認清事態。

「這個少女是『魔物』——和伊緒同類的魔物」。

「你在害怕呢。」

紫苑像是看穿了我的驚慌，瞇起眼睛微微一笑。

「不用擔心，只要你不來礙事，我就不會危害你。我要找的是——」

她迅速舉起手，接近星乃的臉。「不……不……要……」星乃想出聲卻喊不出來。

星乃的兜帽被掀開，一頭黑髮灑落。

「我好想妳，星乃。」

「嗚，啊啊……」

星乃發出呻吟。

「住手……」住手，不要碰星乃。這句話卡在喉頭。我滿心想揮開紫苑伸到我眼前的手，但現在就是做不到，連一根手指都動不了。

「跟我一起來吧。這樣對妳一定比較好。」

紫苑慢慢牽起星乃的手。「平野學長，再見嘍。」說著一把將她擁入懷裡。

「啊，啊……」星乃要被帶走了，但我動彈不得，連一根手指都動不了，就只是眼睜睜地看著。

「大、大地……同學……！」星乃伸出手。她的眼神害怕到了極點，顯得很不安，但仍朝我伸出纖細的手向我求救。

殺了星乃的恐怖分子，現在就要帶走星乃。可是，為什麼，為何我卻不動，不能動。腳，腳，動啊，跑啊，保護她，保護星乃，如果，現在不保護她，我是為了什麼，來到這裡——

這個時候。

星乃的聲音從正前方穿透了我僵硬的身體。

救、救、我！

就是在這一瞬間。「救、救、我。」——腦海中閃過星乃在太空朝我伸出手，化為流星燃燒殆盡的身影，和眼前的少女重合在一起。感情一瞬間沸騰，達到臨界，爆發。

「喔喔喔喔喔喔啊！」我發出野獸似的吼聲，往前踏出一步，使蠻勁撲向紫苑。

然而……

——！

視野天旋地轉。手還沒碰到紫苑，身體就突然離地，下一瞬間——

「嗚啊……！」

背上一陣衝擊。我花了些時間才理解到自己被重重摔到路面上。一種突然被地面撞飛的感覺。「嗚，啊……！」劇痛讓我發不出聲音，視野扭曲。星乃在喊話，但我聽不出她在說什麼。

「嚇──一──呢。」紫苑說話的聲音斷斷續續。不，大概是我的聽覺不對勁了。

「你為什麼能動呢？」頭上傳來紫苑說話的聲音。聽覺總算變得像樣，視野還是不對勁。

「是我計算上的疏忽？不對，從因果律來看，這機率可以忽視吧……嗯～～？」

她喃喃說著我聽不懂的話。「果然是這樣啊，嗯。」說著就自顧自地點頭。

「平野學長是不能忽視的危險因子呢。該怎麼辦呢，乾脆除掉吧？雖然要重新計算會很麻煩，但考慮到長久的往後……」我還聽不懂她在說什麼，唯一確定的就是她說的內容很聳動。身體還動不了，手指就像黏在路面似的一動也不動，只有勉強活動的肺在尋求空氣。

「是該活──」

紫苑走到我腳邊──

「還是該死──」

她的手伸向我，接著像是要摸清頸動脈的位置，手指摸上了我的頸子。如果現在被她像剛剛那樣「斬」下來，我肯定會脖子噴血而死。一想到這裡，我就背脊發涼。

這個時候。

「——哎呀？」

紫苑露出驚訝的表情。有兩條白嫩的「手臂」繞在她身上。

「哎呀～～哎呀哎呀，星乃？」紫苑看向背後。從背後抱住她不放的人是星乃，她就像幼小的孩童一樣拚命想阻止紫苑。

「快跑……！」

星乃纏住她大喊。

「大地同學你快跑……！」

——啊啊，星乃她——為了——我這種人——

一陣熱流上衝，但身體還是不動。

「呵呵呵，呵呵呵，啊哈哈哈，好厲害好厲害好厲害！」

魔物更加高聲大笑。星乃的手仍然圈住她。

「好厲害～～平野學長好厲害～～我都忍不住興奮起來了。」這個少女到底是何方神聖？「過去星乃可曾這麼奮力去做一件事？……雖然只有一點點，但我明白伊緒為什麼會對平野學長那麼執著了。起初只是小小的好奇心，不過這的確是耐人尋味的『研究對象（白老鼠）』呢。」

紫苑以歡欣的表情看著我。這是怎樣？她在說什麼？

「可是啊，平野學長，只有這樣是不行的。要站上接下來展開的壯大悲喜劇舞台，你這個演員還不夠格。所以——」

她的眼睛發出妖媚的光芒。

「我就辦個『選秀會』，看看你夠不夠格上場吧——」

紫苑說著朝我伸出手，結果她的手指竟然——

抓住我的眼球。

——喔啊啊！

右眼的眼窩傳來這輩子從未感受過的劇痛。明明不可能有這樣的空隙，但她卻像用湯匙舀甜點似的，想摘出我的右眼球。

嗚，啊啊，啊啊啊啊啊嗚啊啊啊啊啊！

啊啊，不行，眼睛，我的，右眼，要，要，「要被摘出去了」！

「不會有事的～～請你不要動喔～～」

紫苑就像護理師安撫怕痛的病患，以溫和的聲音對我說話。然後——「呃～～記得是在這附近……」才想說她到底在挖什麼——

——！

發光了。

就像相機閃光燈在眼前打開，一陣刺眼的強光亮起。光只亮了一瞬間，殘像卻像純白的霧氣遮住我的右眼。右眼的視野變得像是一片全白。「大地同學……！」我聽見星乃擔心的呼喊，視野迅速恢復正常——星乃一副泫然欲泣的表情——噢，她還平安——而我的眼球似乎也還沒被挖出來——可是，剛剛的「光」到底是怎麼回事？

「妳……妳做了……什麼……？」身體總算動了。我跪下來按住右眼發問。

「我剛剛不也說了嗎？就是選秀會。可是只有這樣就太沒意思了，所以我設下了『期限』。照我的計算，就算前後多少會有誤差，大概——」

她說到這裡先頓住。

「有人來礙事了。」

紫苑表情一沉。

「咦……？」

我察覺有人來了，回頭一看——

「你還好嗎，平野大地？」

那兒站著一名漆黑的少女。

2

灌進巷子裡的風吹動少女漆黑的頭髮，將她暗色的服裝輕輕往上撩撥。

「你們兩個都沒事嗎？」

「嗯，嗯嗯……」

「太好了，看樣子是趕上啦。」

黑井冥子小小鬆了一口氣，視線始終不看我——凝視著站在正前方的紫苑說話。

「妳……妳是從哪裡來的？」

「有問題晚點再問。首先得從這個怪物手下逃走。」

這時紫苑聳聳肩說了：「真沒辦法呢。」。

「虧我們進行得正精彩，真是天外飛來個礙事的傢伙。」

「……」黑井默默瞪著對方。

「卡利斯多的走狗，找我到底有什麼事？」

「……」

「你們還是一樣祕密主義啊。我覺得平野學長也會為難的。」

——什……什麼？她們兩個在說什麼？卡利斯多？

「平野大地。」

「喔……嗯。」在黑井的魄力震懾下，我出聲回應。

「我來爭取時間，你帶天野河星乃逃走。」

「可是……」

「我能爭取的時間只有五分鐘。」

黑井這麼一說，紫苑就微笑著說：「不是五秒鐘？」

「哼……」

黑井說到這裡，從懷裡拿出智慧型手機朝紫苑舉起。

「哎呀，拍照留念？」

「『這是在直播啊，蓋尼米德』。」

黑井淡淡地宣告。

「現在，我把妳的模樣用直播播放到全世界。妳應該明白這意味著什麼吧？」

「…………」

這時，紫苑的表情微微一變。臉上仍然掛著淺笑，但眼神變得認真。

「哦～～……我們有才能的特務小姐，以為這樣就能阻止我行動？」

「會阻止的。因果之河會阻止妳。」

——什麼？她們兩個都在說些什麼？

這時，紫苑的身體緩緩往前傾斜，緊接著——

——好快！

紫苑直線衝向黑井。她蹬地而起的瞬間已經衝過與對手之間的距離，伸手去搶黑井的手機。她的速度實在太超乎常人的範疇，但黑井也同樣以超人般的反射神經躲開。然而紫苑又一蹬地，轉換方向，再度衝向黑井。她的身法就像勁風般猛烈，一瞬間衝進對手內門，但黑井也扭轉身體躲過了這一下。

這……！

我和星乃看著眼前兩名高中女生展開的打鬥，看得啞口無言。這簡直是動作片。黑井的頭髮有如夜叉般劃出弧線，迴旋踢掠過紫苑的頭髮；對此紫苑也踢起飛腿反制，腳尖掠過地面的力道太強勁，唰一聲發出像是會著火的摩擦聲。

「星乃，我們快跑！」「啊，等……啊。」我拉著星乃的手在巷子裡奔跑。我不能讓黑井的奮鬥白費。

「快……！」兩個人一起在巷子裡飛奔。當我們看到逃生口似的街上光線，心想總算可以逃出生天的瞬間——

「——！」

又有人擋住我們的去路。

眼前有東西飛起。

「無人機……！」

這無人機就像攔路的衛兵在斜前方懸停。旋翼聲迴盪在巷子裡，不只是前方，頭上與背後也都冒出令人心裡發毛的輪廓。全部有四架，不，大概是五架……？

這個時候——

我聽見了手機的來電鈴聲。是耳熟的旋律。

霍爾斯特作曲的《行星》組曲——《木星(Jupiter)》。

「喂～～？」

從口袋裡拿出手機慢慢講起電話的，是有著紫色頭髮的少女。

「啊～～果然這無人機是『你那邊』派來的啊……我們這邊現在正進行得很～～順耶……咦？沒批准？下班時間我要做什麼不是我的自由嗎？」

這……這是怎樣？紫苑在跟誰說話？

我和星乃面面相覷。遭遇蓋尼米德，黑井出現，接著無人機加入戰局，紫苑和人講電話——我還整理不清楚發生什麼事，只聽見少女繼續發出欠缺緊張感的說話聲。

「請你趕快撤走這些無人機……咦？辦不到？啊～～是，看也知道在錄影啊，竟然用無人機偷偷跟蹤高中女生錄影，你品味可真高尚！什麼？射龜？好好好，社規是吧。我是看過，但怎麼了嗎？合規？你說這個是認真的嗎？好好好，知道了。我～知～～道～～了～～！我回去就是了，回去總可以吧！」

紫苑忿忿地掛斷了電話。「虧我們這邊正精彩，他到底是怎樣啦……！」還繼續發著牢騷。

「…………」

我們啞口無言地看著紫苑。完全搞不懂她到底在跟誰說話，又是針對什麼事爭執。

「真的，真的很遺憾，但那個呆子上司給我來礙事，所以今天就得到此為止了。」

「上……」

上司？

「我們明天學校見了。你說是不是啊，平野學長？」

紫苑以說笑的口氣這麼說完，倏地彎下腰。

「那我走了，星乃。」她視線和星乃對到後，轉身走遠。我什麼話都說不出口，黑井也只是默默目送她離開。過了一會兒，再也看不見紫苑的身影後，在上空待命的無人機也一副今天任務就此結束的模樣，紛紛散開。

——得救了……嗎？

事態轉變太快，讓我的理解跟不上發生的情形。

「黑井，這到底——」

我一句話還沒問完——

「唔……」

黑井冥子當場軟倒，紅色血泊往外暈開。

3

位於東京都內的私立病院。

我消毒過手指，打開有著酒精氣味的門。被白色牆壁圍繞的房間裡，有心電圖等各種監控生命徵象用的螢幕，最裡頭的病床上坐著黑髮少女。用桃色門簾隔間的病房比一般病房大樓的病房大一些，但地板有一半的面積都被各種醫療器材填滿。室內沒有其他病患。

「妳可以起來了嗎？」

「沒問題。」

黑井從右眼揭開眼罩，像是要檢查視力，眨了幾次眼睛。她的眼睛除了微微充血，並沒有什麼異狀。

白天事情鬧得可大了。紫苑離開後，黑井突然倒地，右眼大量出血。她被送到附近的急救醫院手術室，直接緊急住院。治療本身順利結束，但我們在等候室裡等著黑井恢復意識，一直等到深夜。

「平野大地，你手上的傷怎麼樣？」

「我沒事。我才要問妳，還好嗎？」

「我沒問題。」

黑井低聲回答。她乍看之下若無其事，但總覺得臉色比平常更白。我手腕上的傷現在已經纏了繃帶，做過急救處理，血也完全止住了。說起來就是不折不扣的只劃傷一層皮，從當時噴出的血量來看，實在是覺得雷聲大雨點小。至於星乃，她換掉沾上血的外套後，現在無所適從地站在角落。她一和黑井對看就趕緊撇開視線，已經變回平常那個怕生的少女。

發生的事情太多，讓我不知道該從哪裡問起，但首先該問的應該是這個吧。

「『黑井，妳到底是什麼人』？」

在我們陷入絕境時瀟灑地登場，和那個魔物般的少女——「蓋尼米德」打鬥，救了我們。當時她那超人般的動作怎麼看都不像是外行人做得出來的。即使考慮她是時空穿越者這種特殊情形，還是讓人覺得另有隱情。

「……………」

黑井凝視著我，眨了幾次眼睛。她剛解開眼罩的部分，眼瞼更加沒有血色，瀏海斜斜地蓋在上面，糾結著貼在臉上。

「給予一項資訊，這件事本身就意味著改變一個過去。」

她就像在開示某種道理，靜靜地開始述說。

「而『這個世界』已經受到我與你，又或者像伽神那樣的許多時空穿越者覆寫，或者修正、竄改。這樣改變的行為累積起來，讓因果之河變得像是一幅被塗改了很多重的油畫或錄過很多次的錄影帶，錯綜複雜到接近極限的地步。」

我忽然想起。

想起伊緒以前說過的台詞。

——我啊，並不是壞心眼才不告訴你。不只是你，我把一個情報告訴這個世界的人，就意味著改變過去，改變因果的流向。這也表示，你所知道的未來會被改變。

「平野大地，我已經給你相當多的資訊。然而，總還留在能預測或因應的範圍內。再來就會走到無法回頭的橋的另一頭了——即使如此，你仍然有『覺悟』要聽嗎？」

覺悟。她隨著這句話凝視我的眼睛，然後也將視線朝向星乃。

「…………」

我和星乃對看一眼，微微點頭。

○

「——契約？」

我反問她。

「特務契約。在我們的世界是這麼稱呼的。」

黑井所說的是有關她「身分」的事。

特務。

聽到這個字眼，我就想起了那個貝雷帽少女說過的話。『那我走啦，特務小姐。』這句話。當時她確實稱黑井為「特務」。

「『某個人物』派給我『任務』，讓我來到這個時代。」

「這個人是誰？」

「你剛才應該也聽蓋尼米德說過——」

黑井說到這裡，說出了我也一直很在意的另一個字眼。

「『卡利斯多』。」

——卡利斯多的走狗，找我到底有什麼事？

記得紫苑當時是這麼說的。卡利斯多的走狗。聽了就知道多半是一句汙衊的話。

「這……就是埃歐、歐羅巴、蓋尼米德、卡利斯多這裡面的那個卡利斯多？」

「我是這麼理解。也就是西元一六一〇年，義大利的天文學家伽利略．伽利萊所發現的木星主要的四個衛星。」

「首先為什麼是伽利略衛星？」

「伽利略衛星的名稱是比喻，由來是這些衛星在木星衛星中最早被發現。而這個情形的木星，就是『Jupiter』，也就是你們很熟悉的銀河莊二〇一號室所裝設的Space Writer。而在特務的世界裡，就以這樣的代號稱呼他們四個人。」

接著黑井說出了一個專有名詞。

「情人們（Lovers）」。

「Lovers……」

「平野大地，你知道伽利略衛星的命名由來嗎？」

「記得是……」

木星意味著希臘神話中的全能神「宙斯」，而宙斯的「情人們」就是埃歐、歐羅巴、蓋尼米德、卡利斯多。無論曾是天文迷的我還是星乃，當然都知道這點知識。

「『情人們』就是最初的時空穿越者，同時也是在最初期就被Space Writer掃描過視網膜的人物。」

「妳說什麼？」

她說得太快，我跟不上。

「天野河星乃發明Space Writer，讓整個世界變了樣。改寫時空，也就意味著支配整個世界。而在未來，已經演變成每個人都想回到最早的過去——回到因果之河的『上游』。」

黑井說得流暢，但說得太急，讓我腦子裡一團亂。然而黑井仍然當成常識似的說個不停。

「『情人們』是四個成了掌握世界命運關鍵的人物。我自己也是透過卡利斯多的幫助，Space Write到這個時代，成功找回了人生，找回了夢想。作為代價，就是我得在這個時代執行『任務』。」

「任務……」

「我要追捕剽竊犯，代價就是簽訂了特務契約。這個任務是契約上的義務，也是讓我能留在這個世界的條件。」

「這樣啊……」

黑井是特務，和卡利斯多訂契約，還有任務。這道理我是懂……

「任務當中並不包括危害天野河星乃。只有這件事，希望你千萬要相信我。」

這我本來就不懷疑。如果黑井覬覦星乃的性命，先前她多得是機會。而且白天她也從蓋尼米德手下救了我們，之前星乃進行Space Write的絕境中，幫助我們的也不是別人，正是黑井。

「紫苑——」我說到一半，換了個稱呼。「『蓋尼米德』，到底是什麼人？」

「我從當初就在搜索蓋尼米德。」

黑井靜靜地宣告。她以冷靜的語氣說出的話，現在聽起來就像恐怖小說的旁白，迴盪得令人心裡發毛。

「在卡利斯多告訴我的監視對象中，是最危險人物之一。然而，我沒辦法確定這個人和犂紫苑是不是同一人物。在月見野高中，這樣的監視對象很多，尤其從伊緒轉學來以後，我的注意力就放到了她身上。我之所以急著搜索ＨＡＬ——伽神春貴，契機也是伊緒的轉學。當時我認為會發生不得了的事情。」

「不得了的事情？」

「對。」

黑井點點頭，繼續開示我不知道的新事實。不知不覺間，星乃也探出上半身在聽。

「伊緒跟蓋尼米德對立。而伊緒在追蹤蓋尼米德，蓋尼米德則為了逃開，在各個時代之間飛來飛去。」

這些情形我聽起來也覺得有幾分說得通。『我聽說大流星雨的主謀，就在這間高中。』那個貝雷帽少女確實像是在找蓋尼米德。她特地轉學到月見野高中，理由也像是為了搜索蓋尼米德。

「咦，這麼說來……」

我總覺得有事情不對勁。那是黑井自己過去說過的台詞。『不要跟「這女的」扯上關係。』。『別聽她的。』——黑井看似敵視伊緒，她對我提出忠告，要我別跟伊緒扯上關係。

「伊緒的目的，怎麼說……是調整，當Balancer之類的？」

「伊緒的立場和其他幾個『情人們』不同。」

黑井說到這裡，眼睛瞇了起來。

「以『情人們』為首，這個時空一再被許許多多時空穿越者改變、改寫。其中當然會產生時空矛盾，這些矛盾將世界的因果扭曲到了極限。伊緒就是為了讓這些錯綜複雜的因果不崩盤，對各個時代進行『調整』。」

「妳說的調整，是做什麼？」

「例如說，有個時代被時空穿越者改變了時空，伊緒察覺這個改變，就會Space Write到比時空穿越者更前面的時代阻止改變。又或者，當改變與改變衝突，產生矛盾，伊緒就會比對、考量各種情形對未來產生的影響，除去其中一者或兩者都除去——卡利斯多是這麼說明，但實際情形只有『情人們』知道。」

「那麼，就是說伊緒努力在避免世界崩盤？」

「表面上看起來是這樣，然而我們不知道伊緒真正的目的。只是，就超越時空移動這點而言，伊緒的能力即使在『情人們』當中也極為突出。相對地，蓋尼米德則是自由自在地操縱因果之河，隨心所欲地在這個時代作亂。卡利斯多認為這樣的蓋尼米德非常危險。」

「Europa呢？」

「Europa就像潛伏在網路空間的不死族。雖然會一再復活，但實體屬於一種集合概念。」

愈聽愈搞不清楚。

「總之，卡利斯多認為蓋尼米德是最危險的人物。為此，希望能讓伊緒和蓋尼米德弄個兩敗俱傷——這是卡利斯多最希望實現的方案。」

「……………」

我應該點頭嗎？還是應該歪頭納悶？就算想問問題，我也太欠缺基礎知識。

「你會沒辦法完全信服，這我也懂。」

黑井微微壓低聲調說：

「看不出各個登場人物目的的故事對讀者而言欠缺易懂性，會讓故事錯綜複雜。然而，伊緒、歐羅巴、蓋尼米德、卡利斯多——這四人中相對穩健的就是卡利斯多，而且要待在能對這個故事產生幾分影響的位置，唯一方法就是參加這些勢力其中之一。」

「簡直像三國志。不，有四股勢力，所以不算啊。」

「你這比喻很妙。歐羅巴已經漸漸退場，接下來應該就會是三足鼎立吧。」

「我說黑井，關於『情人們』的關係，我是漸漸懂了一點點，不過……」

我說到這裡，問出了從剛才就從腦子裡冒出的疑問。

「星乃是站在什麼樣的位置？」

我朝星乃瞥了一眼。

「這個嘛……」

黑井說到這裡，注視星乃好一會兒後，用一個很有創作者風格的比喻做出結論。

「任性的諸葛孔明？」

4

翌日，我待在教室。

——我真的應該來學校嗎……？

坦白說，我今天本來打算請假。畢竟昨天才遭到蓋尼米德攻擊，要和星乃分開，我實在不放心。因為不知道何時何地，蓋尼米德——犂紫苑會跑來襲擊。現在不是悠哉地翻開課本上課的時候。

然而，黑井的意見相反。她彷彿看穿我今天會不想上學，打了電話來叮嚀我：『今天你可別請假啊。』

「可是如果蓋尼米德來襲擊銀河莊，該怎麼辦？」『用不著擔心。』「為什麼？」『要是你缺席，蓋尼米德就會跑去銀河莊找你，這樣反而會讓天野河星乃陷入危險之中喔。』——這樣的對話一直進行到不信服的我被說服為止，結果我妥協了。那個黑井冥子都忠告我「這樣反而會讓天野河星乃陷入危險之中喔」，我實在沒有理由反駁。

——星乃要不要緊啊……

其實我是希望星乃離開銀河莊，找個地方藏身，但星乃自己堅決不讓步。要讓這個在銀河莊二〇一號室裡長年過著澈底繭居生活的少女搬去另一個地方絕非易事，而且我想得到安全的地方也就只有惑井家，而白天真理亞與葉月也都不在家。這樣一想，得出的結論就是，有著地方都市銀行級的保全系統與地方政府等級儲備的銀河莊才是防守最穩固的地方，結果星乃現在也待在銀河莊。我吩咐過她萬萬不可以出門，她也因為昨天才剛發生過那樣的事而乖乖點頭，就不知道現在怎麼樣了。

【不用擔心。】

我正心浮氣躁地坐著，智慧型手機就收到郵件。寄件人是黑井。

抬頭一看，她在座位上靜靜地用手機，視線和我微微對上，又開始操作手機。

【現在銀河莊就是最安全的地方，理由我晚點再說明。相信我。】

相信我——黑井都這麼說了，我也無從反駁。畢竟我對蓋尼米德不清楚，至少黑井肯定比我清楚。昨天挺身從險境中救出我們的黑井都這麼斷定了，我也只能相信。

我想著這樣的念頭，老師上課講的內容左耳進右耳出，接著到了午休時間。

「平野～～！」

少女活力充沛的喊聲傳進我的耳朵。

「不介意的話，今天要不要一起吃午餐？我做了三明治來～～」

伊萬里把一個包得像便當的包裹沉甸甸地放到桌上。這包裹挺大，看上去大概有兩三人份。

「太棒啦，Lucky。」

「我又沒邀涼介你。」

「我也想吃炸雞塊。」

「又沒有。」

我們聊得正熱鬧，宇野就插話了：

「啊，大家一起吃午飯？可以的話，也讓我參加。今天我還做了冥子的份來，結果一不小心好像就做太多了。」宇野提著稍大的餐盒豁達地邀我們。黑井冥子站在她身後，靜靜地看著我，微微搖頭。

——咦？

我對黑井的反應覺得不對勁。照剛剛的動作來看，是宇野邀我們一起吃飯，但黑井表示否定。

這是怎樣？什麼意思？是要我拒絕嗎？

我正對黑井的真意感到納悶——

「平野學長～～～！」

一聲像是要讓整間教室都聽見的大音量喊聲響起。

——這……！

看到這個大喊的人，我當場震驚。太離譜了，這不可能，怎麼會？為什麼？

走進教室的竟然是，那個——

蓋尼米德。

○

我被帶去的是個熟悉的地方。

第二學生諮詢室——放學後會變成校刊社的社辦，以前紫苑也曾帶我來到這個地方。記得當時她也做了三明治。

「唔呵～～這要開趴了吧！」

涼介興奮地喊著。眼前有各式各樣的三明治、飯糰、炸雞塊、煎蛋。再加上紫苑準備的用紙杯裝的紅茶，弄得就像一場小小的野餐會。我們在紫苑的主導下，從教室來到這裡。「是我先邀平野的耶。」「呵呵，可是決定要怎麼做的是平野學長自己吧？」伊萬里與紫苑兩人激盪出火花後，「大……大家好好相處，一起吃吧？好不好，盛田同學？」接著宇野如此勸解，大家就這樣一起和樂融融地吃起午餐。結果涼介、伊萬里、宇野、黑井四個人也都跟來，第二學生諮詢室裡，合計六名男女坐滿了椅子。

——這是怎樣？怎麼回事？紫苑到底在打什麼主意……？

我腦子混亂到了極點。前不久才跑來襲擊我們的人，現在卻笑咪咪地邀我一起吃午餐。我完全無法理解事態。

「紫苑學妹不但人漂亮，廚藝也很拿手呢～～」只有涼介根本不看大家的臉色，殷勤地自我推銷，親熱地肩膀靠向紫苑。他擅自在沙發上一坐，就變成我和他把紫苑夾在中間。我內心七上八下。

——涼介，別這樣，她不是尋常學妹，她的真面目是——

「山科學長和平野學長很要好嗎？」

「那當然。大地同學跟我是死黨，是靈魂伴侶，是義兄義弟。」

「呵呵呵，山科學長好風趣。來，請用紅茶。」

「謝啦。叫我涼介就好～～」輕浮男蹺起腳，一口喝乾紙杯裡的紅茶，同時把手搭到紫苑肩上。這光景簡直就像男公關在拉攏客人。

「啊，這個挺好吃的呢～～」

紫苑右手拿起三明治，左手拿起飯糰，各咬了一口。她外貌成熟，舉止卻很孩子氣，讓在場的每個人都睜圓了眼睛。

「盛田學姊廚藝真好。」

「哪裡，沒什麼啦……」大概是沒想到會被紫苑稱讚，伊萬里露出窘迫的表情。宇野似乎察覺到氣氛尷尬，催了她一聲：「來，吃吧，盛田同學。」

「冥子也來，喏。」

「…………」宇野把飯糰交到待在她背後的黑井手上。黑井默默吃了起來。當她和我視線交會，就咬著飯糰微微點頭，想來可能是要我繼續。這到底是怎麼回事？跟世界級恐怖分子要好地一起吃便當？

「宙海的炸雞塊好好吃喔。」「太好了～～盛田同學的三明治也很好吃。這是水果三明治？」吃著吃著，伊萬里心情好了起來，開始和宇野和樂融融地閒聊。紫苑有時也加入談話。「是喔，是這樣啊～～」形成一種像是女生聚會的氣氛。「大家都會變成很會下廚的人妻啊～～如果每天都能吃到紫苑學妹親手做的菜，那一定很幸福吧～～」涼介說著這樣的傻話。只有黑井貫徹沉默，面無表情地一直吃著飯糰。我不知道該如何是好，避開紫苑的三明治，吃著伊萬里和宇野做的東西。

這時紫苑說：「來，平野學長，嘴巴張開～～！」並且朝我遞出三明治。「喂，妳搞什麼！」伊萬里看不過去。「那盛田學姊也來餵啊。」紫苑對她挑釁。然後就展開一場驚濤駭浪般的餵食攻擊。「那平野，嘴巴張開。」「駱駝蹄，我也要，我也要，啊～～！」「笨蛋涼介去找犂學妹餵啊。」「那麼紫苑學妹，也餵我吃～～！」「我拒絕。」「Universe，拜託！」「對……對不起，這種事情我有點……」「大家對我會不會太過分？」

——紫苑到底在打什麼主意……？

只有我不和大家打成一片，心裡七上八下地嚼著伊萬里的水果三明治。坦白說，我食不知味。

鬧著鬧著，便當剩下的量愈來愈少。

「欸嗯，大地同學還嘿也哈？」「笨蛋涼介，吃東西的時候不要說話啦。」「不好意思……嗯。」涼介吞下炸雞塊。「那個簽名板，大地同學寫了嗎？」他問起這件事。

「簽名板？」

「伊萬里的簽名板。之前不是全班決定要埋『時光膠囊』嗎？」

「噢……」說來的確有過這麼一回事。雖然蓋尼米德搞得我完全把這件事給忘了。

「呃，簽名板現在是在誰那邊啊？」

「是我負責保管～」宇野翻找書包，拿出簽名板。涼介從她手上接過。「已經寫了不少嘛。」說完轉交給我。上面有個大大的圓圈，以看似宇野所寫的端正字體寫著「二年A班〈將來的夢想〉～盛田伊萬里同學留學紀念」。

【如果能在企業隊之類的打棒球就好了～】（鈴木一郎）

【足球雜誌的記者之類？】（飯田和義）

【想當氣象播報員，在晨間焦點播報。】（浦野香澄）

【教茶道跟和琴的老師。】（天王寺藤子）

【搭上型男科技業老闆，嫁入豪門？】（恆野朝陽）

【繼承老家的醬油店。】（千葉凱仁）

【在出版社成為人氣漫畫家的責任編輯。】（早乙女毅郎）

【當醫師，和美女護理師打情罵俏！】（山科涼介）
【成為在世界舞台上活躍的時裝設計師！】（盛田伊萬里）
【希望可以當上……偶像明星。】（宇野宙海）
【寫東西。】（黑井冥子）
【三角運動褲王國。】（近藤宇平）

簽名板上已經寫得密密麻麻。三十幾名少年少女各自寫下「將來的夢想」。紅、藍、綠、苦橙色、茶色……上面的字是用五彩繽紛的各種色筆寫下，看著就覺得眼睛有點刺痛，就像太陽冒出彩虹色的光那種耀眼的感覺。

「…………」

不知不覺間，我撇開了目光。

「啊，就快要集滿了嘛！」伊萬里湊過來看，感慨萬千地拿起簽名板。「等等，你寫這什麼跟美女打情罵俏啦？」「白衣天使在呼喚我啊。」「你白痴啊？」伊萬里和涼介不客氣地拌嘴。

「這個是什麼呢？」

我們都圍著簽名板聊，紫苑就加入了話題。

「這個啊～～是我們班上同學寫的簽名板。」涼介得意洋洋地說明：「因為駱駝蹄要留學，就弄來做個紀念。」

「是喔，是這樣啊～～」

紫苑興味盎然地看著簽名板。我覺得有點不自在。

「我們要把這個放進時光膠囊裡。」宇野補充說明。

「時光膠囊……」

紫苑似乎有些被勾起興趣，說出這個字眼。

「也就是說，將來有一天要挖出來……讓未來的自己看，是吧？」

「咦？嗯，就是這樣。」

「呵呵呵……這嘗試真有趣。由過去的自己對未來的自己送出訊息……」

紫苑話中有話似的喃喃說著。「啊，對了，這個……」她歪了歪頭。

「平野學長的份，還沒寫上去吧？」

「這……」

我吞吞吐吐。

「沒錯，大地同學的『夢想』是什麼？仔細想想，都不曾聽你說過啊。」

「沒錯沒錯，我也想知道平野的夢想。」

「啊，我也想知道平野同學的夢想。」

大家的視線突然都朝我看過來。只有黑井始終默不作聲，靜靜觀望事態演變。

「我……呃……」

簽名板比較下面的地方空著很大一塊空白，正好是我和星乃兩人份的空白。這是怎麼回事？這種胸口深處會痛的感覺——是我最討厭的感情。

「這就不用了啦。」不知不覺間，我忿忿地回答了。「我又沒有什麼夢想。」不由自主說得比較重的這句話，讓大家瞪大了眼睛。

「啊啊，抱歉，我這麼大聲。」

我在急什麼啊？

「噹～噹～噹～噹～」就在這時，鐘聲響起。「啊，不妙，午休時間要結束了！」「下一堂課是不是要換教室？」「大家趕快收拾吧！」時間結束，讓這場和恐怖分子進行的破天荒午餐會慌亂地宣告結束。

一張簽名板留在我手上，那空出來的空白就像殘像似的烙印在我腦海中。

啊……口袋裡的手機震動，於是我拿出來看。

螢幕上有唯一一則通知，告知收到了郵件。

【平野大地】。

——咦？又來了。

這是我以前也見過的現象。寄件人：平野大地。收件人：平野大地。由自己的手機寄出，寄給自己的莫名郵件。

內文也一樣莫名。

【還給我】。

這是怎麼回事……？我盯著這神祕的內文看。

「大地同學～要遲到啦～～」

「啊，我馬上過去！」

在涼介的呼喊下，我收起手機，急忙趕回教室。

這就是「第二封」。

5

放學後。前往車站的回家路上，我和黑髮少女會合了。

「麻煩說明一下。」

「那是必要的。」

黑井回答得毫不猶豫。我所問的當然就是今天的「午餐會」，和會殺死星乃的恐怖分子一起進行的那場太聳動的餐會。

「我們必須吸引蓋尼米德的注意。所以，我才要你順著蓋尼米德的心意行動。」

「這是為什麼？」我若無其事地留意放學回家的路途，一邊繼續問下去。

「蓋尼米德這個人物行動原理基本上就是隨興，都是任由自己的好奇心驅使在行動。她有個傾向尤其明顯，當找到吸引自己興趣的『研究對象』時，就會專注在這個對象上，把其他事情的優先順位往下調。」

「妳可真清楚。」

「基本上都是跟卡利斯多現學現賣的，我也不清楚真正的情形。所以今天我一直很想弄清楚──想弄清楚蓋尼米德是怎麼看待你這個人。如果她對你有興趣，又是多有興趣。」蓋尼米德對我有興趣。這說來實在令人心裡發毛。知道恐怖分子對自己有興趣，沒有人會高興。

「回想起來，昨天襲擊時也是這樣。蓋尼米德挑上你和天野河星乃同行的時候。如果她有那個意思，應該也能趁你和上戶去私人信箱領包裹的時候，將星乃帶走。」

「妳是從哪裡看到的啊？」

「所有時空穿越者都是我的監控對象，你們和蓋尼米德也不例外。」

「……這樣啊。」那天多虧黑井，我們才會得救，所以也沒資格抱怨。但被監視仍然不是令人自在的事情。

「到頭來，蓋尼米德的目的是什麼？」

「『蓋尼米德的本質是支配欲』。」

「支配欲？」突然冒出的這個字眼讓我一頭霧水。

「所謂支配，也就是控制別人。尤其蓋尼米德對於自己想操縱的對象，會從分析、掌握本質並隨心所欲控制的過程中得到快樂。也可以說她是個會從滿足支配欲的過程中得到快樂的愉快犯。」

支配、快樂、愉快犯。這些乍看之下沒有交集的字眼就像扭曲的拼圖拼片一樣，並列在我面前。

「這也是跟那個叫『卡利斯多』的人現學現賣的？」

「沒錯。」這時我們停下了腳步。平交道的柵欄放下，告知有電車接近的警笛聲響起。

「無論是人造衛星、天野河星乃還是平野大地你自己……蓋尼米德都希望能全部掌握，自由控制。她多半就是認為要掌握天野河星乃的話，你這個人將會變成關鍵。而這在她那包括大流星雨在內的全盤計畫中占了重要的位置——現在的評估是這樣。」

「我這樣的人是關鍵？」

「平野大地。」電車接近，少女的頭髮被吹起。「你在這個時空中占了比你想像的更重要的位置。如果把天野河星乃當成一個天體，你就是能在距離這個天體最近的位置，用重力影響這天體的衛星。至少蓋尼米德是這麼看的。」

電車開過。從眼前開過的電車，把另一頭的景色切得像是一格一格閃爍播放的幻燈片，隨著轟然巨響開走。

「換句話說——」

平交道的柵欄升起。

「『在你還吸引住蓋尼米德注意力的時候，天野河星乃或許就是安全的』。」

6

「我買便當來啦〜〜」

下個星期天，平常的銀河莊二〇一號室。我出聲一喊，就聽到嗡一聲吸塵器似的聲響，然後壁櫥的門慢慢拉開，彎著腰慢慢爬出來的是穿著白袍的嬌小少女，一頭黑色長髮現在收在白色的帽子裡。

「樣本，怎麼樣？」「嗯〜〜馬馬虎虎？」少女答得含糊，脫下白色的帽子。一頭黑色頭髮散開，她輕輕伸了伸懶腰。

附帶一提，星乃將壁櫥裡的空間稱為「研究室」，成了她專用的實驗室。這個壁櫥內空間還挺大的，裡頭分割成三個小房間，她會在最靠外的房間穿戴白袍與護目鏡，更裡頭設置了清潔室，最裡面則是研究室。先前吸塵器似的聲響就是所謂的空氣浴塵室，是為了避免氣態汙染而吸走微小塵埃的聲響。她以會摻進汙染物為由，壁櫥內的東西只讓我看過少少幾次。就和玄關的艙門一樣，會投入莫大的費用來改造這種地方，就是天野河星乃的金錢觀讓她辦到的。

「我看還是去借大學研究室之類的地方比較好吧？」

「我為什麼就非得依靠地球人不可？別說這些了，午餐呢？」

「喏。」

「辛苦了。」星乃接過之後立刻打開便當盒蓋，把塔塔醬擠到炸蝦上。

「啊～～啊～～又弄出來了……」我對這個吃飯還是一樣沒規矩的少女覺得沒轍。

「那麼，最重要的，覺得有希望找到外星生命嗎？」並且若無其事地提起。

「已經找到了。」

「咦？」

「……這麼說是誇張了點，但的確找到了某些有機物。」

「喂，這可不是世紀大發現嗎！」

我忍不住大聲起來。前幾天，從黑暗網路回收的「威利」上搭載了回收隕石用的容器。

星乃明明知道容器內多半是空的，卻仍執著於收回是有理由的。JAXA的小行星探查機「隼號」的樣本回收計畫當中，樣本容器內找到的也全都是微粒子大小的東西，最大的也只有40微米——只有人類頭髮直徑的一半左右。即使無法回收到隕石碎片，只要能夠收集到隕石的「微粒子」，就有充分的進行分析的價值。因此，星乃連日都在研究隕石的微粒子，但我萬萬沒想到她這麼快就有了成果。

「是……是什麼樣的東西？真的是外星生命嗎？」

「我不是說過這樣講太誇張嗎？眼前得多觀察一陣子，不然什麼都還很難說。是地球上物質的可能性最高，而且在送到我們手上的過程中，容器都沒被打開的可能性還比較低。」

「這麼說也沒錯啦……」我一瞬間心浮氣躁起來，但立刻讓心情鎮定下來。仔細想想，當然不可能這麼簡單就發現。

「大地同學，你相信胚種論（Panspermia）嗎？」

「Panspe……妳是指地球生命來自太空的那個假說？」

「對。」星乃點點頭。「別名宇宙胚種論。也就是一種假說，認為從太空飛來的隕石上有成為生命起源的微生物附著，成了地球的生命起源。由西元一九〇六年的瑞典化學家斯萬特・阿瑞尼斯（Svante August Arrhenius）命名。」

「所以妳是說，這次的外星生命就是這種胚種？」

「這是不知道，但如果從這次的隕石上發現外星生命，肯定會成為支持胚種論的有力證據。」

「可是，從隕石上帶來生命體還是有點牽強吧？太空的環境，像是冷熱差距、太空輻射等，對生命實在太嚴苛了吧？而且總覺得在衝進大氣層時，生命就會燒光了……」

「可是，在奈米單位的世界，生命的常識也會變得不一樣。例如ＩＳＳ的船外實驗平台上，就為了驗證生命的行星間移動，實施了『蒲公英計畫』。其中也包括了研究微生物是否能在太空嚴苛的環境存活的實驗。這項研究有ＪＡＸＡ及二十間以上的大學共同參加。」

「如果妳媽媽還活著，一定很想參加吧。」

「是……吧。」

星乃的表情一瞬間黯淡下來。我發現自己失言，便拉回話題。

「也就是說，如果是微生物，就有可能經過太空來到地球？」

「媽媽是這麼認為，而且ＣＨ細胞研究反而更是一種認為要暴露在嚴苛的太空輻射下，細胞才會發生突變的假說。如果能從這次的隕石樣本裡發現生命，相信對這個研究而言，將是劃時代的發現。」

「如果真的是外星生命……那很棒啊。」

「嗯。」少女述說時，眼神有著平常沒有的光輝。果然，星乃在進行雙親的研究時就會神采奕奕。

「妳真的很喜歡這類話題耶。」

「大地同學你還不是整個人神采奕奕？」

「咦？」

我沒想到她會這麼說。

「剛才說『很棒啊』的大地同學，眼睛也是閃閃發光。」

「這個，呃……」我萬萬沒想到星乃會這麼說，於是微微撇開臉說：「我本來就是太空迷、天文迷……而且從小就聽真理亞伯母說很多太空有趣的事，最重要的是……」

我朝星乃的臉瞥了一眼。

「我是妳爸媽的粉絲嘛。」

「爸爸和媽媽的？」

「我之前不也說過嗎？說我曾經投稿到『彌彥頻道』。」

「有嗎？」星乃歪了歪頭。

——啊，對喔。

我想起來了。那是「第一輪」的世界發生的事，在這「第二輪」才第一次說起。

「我啊，從以前就喜歡太空……像是有太空人出場的影片，我有時間就會一直看。所以，我的明信片在彌彥頻道被唸出來的時候，有夠感動的。」

「大地同學你寫了什麼樣的明信片？」

「呃～～差不多是【要怎樣才能變成像彌彥先生這樣的太空人呢？】吧？」
「啊，我記得！是媽媽也一起出場的那一集吧！」
「沒錯，就是那個！虧妳記得這麼清楚啊！」
在意想不到的環節上和星乃有了共通的回憶，讓我高興起來。
「妳媽媽真的很誇張耶，竟然一臉正經地對小學生說不用吃青椒。」
「媽媽只是陳述事實。而且就算不吃青椒，也當得上太空人。」
「彌彥流一是叫人不要挑食，什麼都要吃啊。」
「以前我和媽媽吃蔬菜炒肉，只吃掉肉，把蔬菜全部留下來，結果爸爸就真的生氣了。」
「這當然會生氣吧。」
「媽媽反駁說就算不吃蔬菜，就醫學、營養學來說，還是可以維持生命。」
「妳媽媽真的跟妳一模一樣耶。」
「對吧？呵呵，我就是像媽媽。」星乃格外開心地微笑。我根本不是在稱讚，但對她而言，被說像媽媽似乎會很高興。
「對了，我想起來了。那個啊～～我曾經搞砸過一次～～」
「搞砸？」
「彌彥頻道，不是有個從ＩＳＳ『現場打電話』給觀眾的單元嗎？當時抽到了我，可是那個時間，我因為參加喪葬法事之類的，沒辦法接電話。晚點看到來電紀錄，從號碼才知道是彌彥頻道～」

「所以如果接了電話，就可以跟爸爸說到話了？」

「就是這麼回事。雖然光是明信片被唸出來就已經夠幸運了。」

「是喔。原來有過這種事情啊。」

「好想跟待在太空的人通話喔……」我喃喃說完這句話，星乃老樣子把便當附的蔬菜沙拉全都留著不吃，並且不經意地喃喃說道：

「那麼，大地同學的夢想果然是當太空人啊。」

「……這——」

我覺得胸口一陣刺痛。一種跟落寞與難過的心情有點像，柔軟的部分被刺到的痛。

「大地同學，我說啊，之前我交給你的手冊——」

「不用了。」

「咦？」

「那就不用了。」我有點露骨地結束這個話題。「別說了，吃妳的便當啦，來。」

「啊，嗯、嗯……」星乃大概是被態度突然變強硬的我嚇了一跳，瞪大了眼睛，然後把筷子伸向剩下的便當。

——要怎樣才能變成像彌彥先生這樣的太空人呢？

年幼的自己現在仍然帶著天真無邪的笑容談論夢想，這總讓我的內心深處格外感到刺痛。

7

又是第二學生諮詢室。

「怎麼樣呢，平野學長？這炸雞塊很好吃吧？來，嘴巴張開。」

「…………」

我明明沒張嘴，紫苑──蓋尼米德卻把炸雞塊往我的嘴唇推過來。我只好張嘴吃了，她就開心地問：「怎麼樣，好吃嗎？」

遭到蓋尼米德襲擊的隔週，我過著被她牽著走的校園生活。

──「在你還吸引住蓋尼米德注意力的時候，天野河星乃或許就是安全的」。

當然我也不是自己樂意連日和蓋尼米德──和殺了星乃的恐怖分子共進午餐。然而就如黑井所說，從那天之後，蓋尼米德都沒有接近星乃的跡象。這樣一來，就覺得胡亂改變現狀，無端刺激蓋尼米德反而比較危險。我和星乃也商量過，但現階段別無其他方法，就這麼耗到了今天。

今天她也硬要餵我吃便當，午休時間大概過了一半。

「對了，那個『簽名板』，平野學長寫了嗎？」

紫苑喝著茶問起。

「還沒……」一講到這個話題，我的聲音就會變小。

紫苑盯著陷入沉默的我。

「平野學長喜歡世界史嗎？」

「啥？」話題突然改變，讓我不知所措。紫苑把兩個紙杯並列，一邊從茶壺裡倒出有著甜甜香氣的蘋果茶，一邊說下去。

「人類史要從哪裡算起，要從南方古猿（Australopithecus）還是巧人（Homo habilis）算起都可以，說起來應該有幾百萬年的歷史吧。學長覺得在這幾百萬年當中，有『夢想』的時代是從什麼時候開始？」

「咦？」

有夢想的時代？她的話題跳躍太快，讓我跟不上。

「嚴格說來，就是當代的人可以去思考『我想過這樣的人生』，或是『想從事這樣的職業』，而且也實際能夠『選擇』這種人生的時代。」

「這種事……」

「學長覺得是理所當然？可是啊，在人類歷史上，這未必是理所當然——反而應該說，能夠懷抱夢想的時代才是例外。」

「例外？」

「學長在日本史和世界史的課程沒學過嗎？在封建時代或種姓制度社會裡，生在農奴之家就要一輩子當農奴，一輩子耕作這塊土地，一直納田租。無論是捨棄土地逃走或換職業，都是社會所不容許的。人類史的幾百萬年內，幾乎所有時代都是這種『無法選擇』人生的時代，直到最近才有所改變。法國大革命是約兩百三十年前，而在日本，『選擇職業的自由』受到憲法保障是在大約七十年前。人類史的九九．九九％都是從出生時，人生的路就已經被決定的『不自由』的時代。」

紫苑一邊流暢地述說一邊窺探我的反應。蓋尼米德對你有「興趣」——我想起了黑井說的這句話。她現在是有著什麼想法，才會想知道我的反應呢？

「『人類缺乏夢想』。」

「人類……」

談話的規模一下子變得很大。我隱約在紫苑的身上看見了以前指出我「缺乏夢想」的少女身影。

「所以啊，平野學長，能夠為了『夢想』或『志願』該怎麼辦而猶豫，就表示我們所處的時代就是這麼幸福。」

是嗎？我還是覺得說不過去。

「可是，選擇愈多，迷惘不也就愈多嗎？」

我明明沒打算反駁她，不知不覺間卻已經說出口。「也對。」紫苑很自然地應聲。

「可是啊，平野學長，人在迷惘的時候，『答案』往往是從一開始就決定的。就像現在的平野學長一樣，心意其實已經決定。」

我聽不懂她在說什麼。我的心意已經決定？

「會覺得難受不是因為苦惱，是因為在扼殺自己的心意，胸口才會痛，不是嗎？」

聽她指出這一點，我想起了大家對我說的話。「沒錯，大地同學的『夢想』是什麼？」「沒錯沒錯，我也想知道平野的夢想。」「啊，我也想知道平野同學的夢想。」——無論是涼介、伊萬里還是宇野，大家都天真無邪、理所當然地問起我的「夢想」。夢想，我的夢想，平野大地的夢想。開口閉口都是夢想，夢想，夢想。

一個個滿嘴夢想夢想，煩死了。這罵得粗魯的反駁幾乎就要脫口而出。怎麼回事？不對勁，我為什麼這麼煩躁？

「……不要每個人都給我多管閒事。」就像在居酒屋發牢騷，又或者是在社群網站說著沒完沒了的自言自語，話語從脣間流出。「說什麼夢想很重要，要懷抱希望……講那麼多好聽的話講到我都煩了，卻沒一個人告訴我最重要的事情。」

「那當然了。因為平野學長的心意就只有平野學長自己知道，其他人誰也沒辦法決定。你要怎麼過自己的人生，全都取決於你的心意。因為到頭來除了你以外，沒有人可以窺探你的心意。」

我心想：她怎麼有點像伊緒？明明剛認識沒多久，卻對我格外親暱，展開這種針對人生的神祕問答。

「呵呵，你覺得我『跟她很像』？」

唔……這彷彿被讀出心思的話讓我不寒而慄。

「那當然，畢竟她是我的——哎呀。」

紫苑說到這裡，住口不說。

「再說下去，是不是就會給出太多資訊了？」

「為什麼——」不知不覺間，我問了出來。「要對我說這種話？」

「什麼？」

「像是夢想啦、簽名板啦……這些跟妳無關吧？」

換作平常，我不會主動這樣反問紫苑。畢竟我聽了黑井的建議，覺得不可以刺激紫苑，而且這話題本來就不適合太深入。

——人類缺乏夢想。

我覺得心裡有芥蒂，多半是和「夢想」這個字眼有關的事情。

「我對平野學長的志願有興趣。」

「別這樣。」

恐怖分子對我有興趣，我可無福消受。雖然說這些也許已經太遲。

「如果不介意，可以找我商量。」

「用不著。」

「哎呀，好遺憾。不過……」

少女盯著我的眼睛，另有深意似的微微一笑。

「我已經給提示了喔。」

——提示？

當我想反問時，鐘聲正好響起。

「哎呀，已經到這個時間啦？」

紫苑站起來，輕輕拍了拍裙子。

「喂，妳說的提示是什麼？」

「當然是選秀會的提示了。」

「選秀會？」

「學長忘了嗎？我之前也說過吧？」

——我就辦個「選秀會」，看看你夠不夠格上場吧——

「啊……」

我想起來了。當時紫苑的確說過要辦選秀會，然後還說——

——我設下了「期限」。照我的計算，就算前後多少會有誤差，大概——

「妳說那些什麼期限、選秀會……是什麼意思？」

直到剛剛，我都忘了有過這些事情。那天發生了太多事，讓我沒辦法連一些細節都放在心上。

「學長想知道？」

紫苑把臉湊過來，這種鼻子幾乎都要碰在一起的距離讓我往後仰。

「可是啊，提示只到這裡。這樣已經算是出血大優待了喔。」

紫苑留下這句聽似另有深意的話就甩動一頭長髮起身。

……？到頭來，她說的選秀會是怎麼回事？

我歪頭納悶，但紫苑已經離開。

8

「天氣好好喔～～」

「就是啊。」

我已經好久不曾覺得微風吹起來這麼舒暢了。每天都在寒冬的寒氣中發抖著上學的日子裡，今天的溫暖就像搶先享受春天。我甚至隱約覺得是這個少女那充滿希望的能量，將大氣都改變了。

「所以，妳說有事，是什麼事？」

這一天，我在校舍屋頂和伊萬里見面。她說有事情想好好跟我談，所以放學後約在這裡等我。

「呃～關於這件事……」伊萬里走到屋頂的柵欄前俯瞰校園，有些吞吞吐吐地說了：「該怎麼說，呃，弄得像這樣鄭重，啊哈哈，就說不太出來呢。」

「……？」

伊萬里用了拐彎抹角的說法，視線東張西望。裙子底下的大腿互相磨蹭，忸忸怩怩。她難得露出這麼緊張的態度。

「我下個月就要出發了……有件事我下定決心，要在這之前告訴你。」

——啊！

我靈機一動。

「抱歉，伊萬里。」

「咦？」

「簽名板，我還沒寫。停在我這裡，我也覺得不好意思。」

「簽名板？」伊萬里瞪大眼睛，連連眨眼。「啊，啊啊，簽名板啊？就是要放進時光膠囊的那個？」

「咦？不然還有別的嗎？」

「啊，沒事沒事，簽名板你慢慢來就好。你不喜歡這種事情吧？」

——怎麼？我猜錯了？

虧我還以為一定是為了簽名板的事，但我猜錯了。

伊萬里手按胸口，靜靜地深呼吸。「啊～～突然被講一句『抱歉』，我還以為沒希望了……」她自言自語。我愈來愈莫名其妙。伊萬里在說什麼？

「平野你該不會是在猶豫，不知道該在簽名板上寫什麼？——將來的夢想。」

少女露出微笑注視著我，臉上表情帶著幾分溫柔。一講到夢想或人生的話題，我就莫名地愈想愈覺得伊萬里像個年紀比我大很多的女性。明明我其實是二十五歲，伊萬里才十七歲。

「一要提筆寫……就覺得搞不懂。」

「我懂。像朝陽還有其他人，也說過差不多的話。」伊萬里始終溫和地微笑。「平野現在在猶豫什麼？不介意的話，可以說給我聽。」

「這……」

我突然覺得很難為情。二十五歲的我對人生有了迷惘，把忸忸怩怩的煩惱說給高中

女生聽，自己都覺得沒出息。

可是，如果是伊萬里——是不是能往我鬱悶的煩惱中射進一道光明？我忍不住懷抱這種天真的期待。對我而言，盛田伊萬里這個少女就是這麼有分量。

「一看到那個簽名板——」

我小心遣詞用字，但想說的話就有點像即興的歌詞一樣冒出來。

「只有我的夢想，欄位空著——這讓我覺得很討厭。該怎麼說……讓我非常心急，會退縮。」我走了幾步，抓住屋頂的欄杆。眼底有著一群揮汗參加社團活動的高中生，尤其棒球隊和網球隊跑步的喊聲此起彼落，足球隊圍成一圈在討論。

「從國小放棄踢足球以來，我從來不曾深深投入一件事。所以，一面對簽名板……就覺得這些『夢想』啦，『將來』啦……我沒有資格去寫。」

「資格啊……有需要嗎？」

伊萬里微微顯得疑問，歪了歪頭。

「我跟大家不一樣，我溫度低，而且也沒有能熱起來的事。」

「能熱起來的事，不能現在開始找嗎？」

「現在才要找也已經太遲了吧？不管是運動，還是要學才藝。」

「實際去做做看，也許就會發現意外地適合吧？」

「當然應該多少會有些適合的事情。可是，要成為職業人士，吃這行飯，應該有困難吧？」

「嗯～～不當職業的就不行嗎？」

「咦？伊萬里妳也是想變成職業設計師，才去留學的吧？」

「嗯，那當然。可是，喜歡設計或時尚，和當不當得上職業人士是兩回事吧？」

「不當職業，就沒辦法養活自己吧？」

「職業，養活……嗯～～」

伊萬里歪了歪頭。

「比方說啊——」她手按嘴脣，慎選用詞似的慢慢說起。「我媽以前曾經在服飾店工作，希望將來可以吃這行飯。」

「妳之前也說過啊。」

「結果，後來她轉行去做別的工作，之後和爸爸結婚……可是她到現在還是喜歡看時裝雜誌，對裁縫還有用縫紉機也很拿手。我想我會喜歡時尚，小時候看媽媽親手做洋裝還有家裡有很多時裝雜誌應該有很大的影響。」

「啊啊……小時候的環境影響的確很大啊。」

我也符合這種情形。媽媽湊巧和ＪＡＸＡ的管制官——惑井真理亞認識，從小我就常聽真理亞說起各種太空好玩的事情。會對彌彥流一和天野河詩緒梨這些太空人有興趣，也是受到這個影響。

「還有啊，我阿姨——媽媽的姊姊也從小就想當音樂家。」伊萬里繼續說：「她從音樂大學畢業，但要成為職業音樂家還是有點難，現在是普通的家庭主婦。不過，她在當地的鋼琴班當老師，也常受託在市民音樂祭上伴奏，鋼琴彈得非常好。」

伊萬里是想說什麼呢？

「也就是說，我覺得只要是喜歡的事、能夠熱衷的事，並沒有一定要變成職業。」

「可是，如果是音樂大學畢業的學歷，在一般的求職活動——啊啊，沒事。」我忍不住按住了嘴。這對話是怎麼回事？學歷、就職、ＣＰ值——以前我也說過的台詞。

「怎麼了？」

「沒有……」我自己也愈想愈不知道該怎麼說才好。我是在迷惘什麼，遇到什麼阻礙？

「我很怕這種事。」

「怕？」

我原原本本地說出想到的念頭。和伊萬里說話就莫名地能夠坦率一些，也許是因為她很直接地拿自己的意見來碰撞。

「像這樣追求一個目標……結果，會不會什麼都當不上，弄得自己非常後悔……這種事，我非常害怕。」

「嗯。」

「夢想很重要，這我懂。可是，夢想實現不了，然後求職也不順利，弄得人生很悲慘……我很怕會這樣。」

這個不斷說著害怕的自己，讓我覺得有點奇妙。對喔，原來是害怕，原來我一直都在怕啊。

「周遭還滿多這樣的人。想當畫家，到頭來卻沒辦法靠畫畫養活自己，沒有工作的傢伙；又或者是來到東京，但樂團不紅，現在變成繭居族的傢伙……」

不知不覺間，我談起了「第一輪」的情形。伊萬里倒也沒反問，默默聽我說。

「看著這樣的例子……我就很怕，很怕夢想沒能實現的那一刻。會覺得愈是努力，沒能得到成果的時候反作用力也會愈大，或者該說代價就有多大。就算放棄夢想，當時的熱情、焦躁之類的，這些都會讓內心很煎熬，變成一輩子的負擔。會一直被『沒能變成的自己』、『其實應該要變成這樣的自己』束縛住，就像詛咒一樣，只有挫折感在心中悶燒個不停。」

「該不會……」伊萬里盯著我看，然後眨了幾次眼睛。「嗯，嗯……大概是吧。」說著像是想通了，自顧自地不斷點頭。

「怎樣？」

「平野一定是那樣吧……『攻略網站』派。」

「咦？」

——攻略網站派？

「平野是那種玩遊戲玩到卡關的時候，就會去看攻略網站來過關的類型吧？討厭在不懂的地方沒完沒了地花時間鑽研的類型。」

「……真虧妳看得出來。」

「果然。可是，我就相反。我是絕對不看攻略網站的那一派。」

「妳對遊戲很拿手？」

「才不拿手。我國中的時候，手機遊戲就儲值了好多錢，然後挨爸媽罵。」她吐了吐舌頭。

「我當然一開始也是正常玩遊戲。可是當玩到卡關，靠攻略網站不是很正常嗎？」

「可是，最近的攻略網站，到破關的過程全都寫上去了吧？」

「不就是該這樣嗎？因為是攻略網站。」

「我覺得遊戲這種東西，『跟人生很像』。」

「跟人生很像？」

無關的兩件事，突然被少女這句話連結在一起。人生與遊戲。

——你喜歡ＲＰＧ嗎？

那個貝雷帽少女的話在我腦海中閃過。

「我覺得玩遊戲的那種雀躍，和人生很像。不管是ＲＰＧ還是動作遊戲都一樣，在新的關卡會看到不認識的人物和新的東西，一切都很陌生，但我覺得正因為這樣才會覺得雀躍，破關時的喜悅也才更不一樣。」

「可是，有攻略網站一定比較方便吧？不管是人生還是遊戲。『繞遠路』玩也是很好沒錯，可是基本還是『最短距離』才好吧。」

「這不是繞遠路啊，平野。」伊萬里抬頭挺胸，明明白白地說了：「就是為了讓自己雀躍才玩遊戲，所以這不是繞遠路，是必要的過程。如果從一開始就照攻略網站寫的來玩遊戲，那就變成只是『作業』了。」

「作業……」

「我覺得人生也很像。」少女高談她的人生觀。「實現夢想當然也很重要，可是對我來說，追逐夢想時的那種雀躍才是人生。所以啊，就算現在有個超～～級權威的設計界大師跑來對我說：『我會把妳培養成知名設計師！』我也打算拒絕。」

「咦？這是為什麼？明明是天大的好機會吧。」

「因為除非自己去做，不然就沒有意義。對我來說是這樣。」

「自己去做……」

——「找回自己的故事」。

又有別人說過的話在腦海中甦醒。這是黑井說的——也是她的作品中主角說的話。

「自己努力、辛苦、挫折……但克服過這些，會去到的山頂才是我的目的地。所以在這之前，不用自己的腳走過去就沒有意義。就和登山一樣。」
「……真像是伊萬里的作風。」
我覺得這樣非常有她的風格，但同時也覺得我辦不到。伊萬里果然與眾不同。
「所以啊，我想平野會沒辦法寫簽名板，一定是因為心底潛在這樣的想法。夢想不實現就沒有意義──所以『不寫沒有希望實現的夢想』。我猜得怎麼樣？」
她說對了，就是這樣。
「咦，可是，等等。這樣的話，豈不是在說夢想不實現也沒關係──」
「『就是不實現也沒關係啊』。」
聽她這麼斷言，我不由得吃驚。
「……咦？」
「『夢想不實現也沒關係。因為追逐夢想帶來的雀躍才是人生』。」
「別說傻話了，想也知道是實現比較好吧？」
「不對不對。實現當然比較好，而且為了實現也會拚命努力。可是啊，要說是不是沒能實現，追逐夢想就是白費工夫，那絕對不是。這就是我和平野的不同。因為如果我玩遊戲是靠自己玩下去，那麼就算最後沒能玩到破關……我也覺得玩遊戲時感受到的那些雀躍不是假的。」
我不能接受。夢想不實現也沒關係？不破關也沒關係？沒有這種道理。沒有道理沒關係。夢想應該就是要實現才有意義，哪怕百分之九十九辦不到，但不就是正因為有那百分之一的可能性才重要嗎？

「所以，平野……你覺得人生要怎樣才算『破關』？」

「咦？」人生的破關。我想到什麼就說出來。「這……像是到退休，不對，是活到天年都不愁吃穿，可以過著還過得去的生活，這樣不就是破關嗎？應該說，如果連肚子都填不飽，流落街頭，就是遊戲結束。」

「那不是破關啊，平野。」

「不是破關？」

「該怎麼說好呢？好吃的東西，吃到的時候那種覺得『啊～～這個真好吃～～！』的過程才是最重要的。如果連滋味也沒怎麼嚐到就吞下去，那就只是補充營養。雖然裝進胃裡的東西一樣，不過意義完全不一樣。」

我漸漸聽懂了，聽懂伊萬里想告訴我的話。

「人生啊，不可以直接吞下去。要好好品嚐、咀嚼，不管是甜的，苦的，硬的，軟的，有時候不好吃的東西也必須……好好品嚐，自己去咀嚼，到最後才吞下去。這才是人生的真髓。用最短距離快吃，我覺得就浪費了。」

「遊戲的比喻跑哪裡去了？」

「啊，抱歉，我跳太遠了。可是，我想說的事情都一樣。而且——」

少女仍然毫不猶豫地宣告。

「人生就是雀躍，結果只是附贈的獎品。如果只想要獎品，人生就會吃虧。」

我絕對不點頭。伊萬里和我不一樣，人生的類型、人生觀都不一樣。

「『我覺得人生就是過程』。」

——人生的橋沒有對岸。

伊萬里的話和伊緒的話重合。

「我決定要當設計師的時候——對，我連日期都記得，是國中三年級的十二月十一日，在街角看著商店櫥窗裡的洋裝時。」她看著天空，以像是在回顧過往，又像是在注視遙遠未來的看著遠方的眼神。

「當時，該怎麼說呢……我的胸口變得……很火熱。該說是雀躍，還是有股能量從心中湧起……我就是有種無所不能的感覺。常有人說是整個世界都變了樣，真的就是這種感覺……雖然有點誇張，但從那一天起，我覺得每天的『顏色』都不一樣了。」

「顏色……」

「該說是世界有了色彩嗎？覺得就好像是各種東西都在為我加油，每天都像參加活動一樣，就是這樣的感覺。也許該說是自己變成了主角的感覺？」

——每個人都拿自己當人生的主角，活出只屬於自己的故事。

少女的眼睛在發光。相信她為自己的夢想做出決斷時，也一定有著這樣的眼神吧。

「我啊，後來的每一天都過得充滿心動的感覺。」

按住胸口的手就像感受到了搏動，微微握緊。

「我會決定去留學，也是因為留學更讓我有心動的感覺……才這麼決定。」

一陣風吹過。

運動場上，足球隊有人射門，球被門柱彈開。

坦白說，我的心情是很羨慕。

與生俱來就有才能的人，這樣就對了；對自己有自信的人，這樣活就好。可是，像我這樣沒有才能也沒有自信的人，心動就只是一種不安。這是伊萬里活出人生的方式，我沒辦法活得那麼堅強。

雖然也覺得已經說了很多話，但一看手錶，才過了不到三十分鐘。

「咦，對了……」我想起一開始被伊萬里叫住時的情形。「記得妳找我是有事情要說吧？」

「……嗯。」

雖然一不小心變成了我的人生諮詢，不過我之所以會來到屋頂，本來的理由是她有事找我。

「今天啊，我有話想告訴平野。」少女說話時，手仍然按在胸口。風變強了。伊萬里面向我，從正前方看著我。被風吹動的金髮就像翅膀似的攤開，從頭髮流過的光澤將她點綴得像是站在舞台上的女演員。

「我早就決定要在留學前說出來。」

——咦？

少女的手掌緊緊按著胸口，表情僵硬，顯得頗為難受。

怎麼了？她看起來不對勁。伊萬里現在是想告訴我什麼？

「如果，我什麼都不說就離開日本……我一定會後悔。所以，我現在要說了。」

我也面向伊萬里。強風吹過屋頂，就像聲響突然從整個世界消失，形成一個只剩我們兩人的世界。

接著，少女開口——

「我——」

表白了。

在流星雨中逝去的妳
She was killed by shooting stars.

「——喜歡平野。」

【behind the door】

聽到這句話時，少女全身僵硬。

就像電流竄過，身體發抖，倒抽一口氣。

她今天也打算放學後到屋頂為舞蹈課進行預習與複習，沒想到走樓梯上來，聽見屋頂傳來說話的聲音。她本想對屋頂上的兩個同班同學打招呼，但覺得情形不對勁，於是在門前停步。接著她聽見的台詞是——

「——喜歡平野。」

少女瞪大眼睛。她無法相信眼前的光景，只能呆呆站在原地。

她膝蓋顫抖，然後轉過身，逃也似的遠離屋頂的門。

盛田同學——喜歡平野同學。

少女任由辮子甩向背上，踩著混亂的腳步下了樓梯。

第三章　人格帳號

1

二月的寒氣將呼出的氣息染白，而在不開暖氣的室內，這種白更加濃了。

銀河莊二〇一號室。

——我喜歡平野。

我茫然看著天花板，想起昨天的事。

起初我無法理解她對我說了什麼。伊萬里等我回答等了好一會兒。「那……那麼，在出發前給我答覆喔！」接著留下這句話就離開了屋頂。

——伊萬里，對我……

伊萬里和涼介結婚才是原本的路線，而我改變了這個命運。在這之前，我一直想著要怎麼把事態拉回原樣，作夢也沒想到伊萬里竟然會對我「表白」。

伊萬里怎麼會對我這種人——

就在這個時候。

「喔哇！」突然一陣冰冷從背脊竄過。大量液體在衣服裡往下滑，還入侵到內衣褲與褲子。不用想也知道，是有人從我的脖子灌水進來。

「很冰耶，妳做什麼啦！」「因為不管我叫幾次，你都不應聲啊。」「就算這樣，也不要往衣服裡倒水！」我脫掉濕透的外套，走到浴室去，把衣服往裡頭一丟，然後拿浴巾往T恤內擦拭。

「呼～～真受不了……」

「虧我本來還想告訴大地同學，我看還是乾脆別說了吧。」

「妳說要告訴我什麼？」

「大發現。」

星乃朝後瞥了一眼。她視線所向之處是壁櫥——研究室。

「妳……妳查出什麼了嗎？那個外星生命。」

我立刻被挑起了興趣。「大發現」這句話讓我十分雀躍。

「……你這麼想看？」

「想看。」

「哼哼，既然你這麼想看，那也沒辦法。也不是不能給你看喔。」

妳在模仿誰啦？

星乃粗重地哼了一聲，把筆記型電腦放到桌子上。纖細的指尖在鍵盤上躍動，將一張圖片顯示在螢幕上。

灰色的背景，有個汙漬般微微浮現的影像。大概是放大過，輪廓相當模糊。

「這個，是顯微鏡的畫面？」

「經過影像處理就會變成這樣。」星乃一敲鍵盤，畫面就像剝開一層層外皮似的逐漸變得鮮明。

「啊……」我最先聯想到的是理科的教科書。就像生物課本裡會出現的一種被薄膜包住的物質。「細胞……？」

「我一開始試著用普通的明視野模式觀察，但途中就試著切換成相位差成像模式和微分干涉模式觀察。就算全都試過，還是不太鮮明，所以我把多種畫面組合起來，做了光學處理，結果就是這樣。」

「這就是……外星生命？」

實際一說出來，就有種奇妙的感覺。這句話聽起來像是科幻片，超脫現實。我想起了星乃的連帽外套上印的那個氣色很差的外星人。

「能不能算是外星，這點就先不管。」星乃慎重地選擇用詞，並且又切換了畫面。「這次看到的是用細針狀的物體去戳剛才那種「細胞」的影像。「這是很寶貴的樣本，所以我本來不太想這麼做。你看。」

在星乃的催促下，我注視畫面。細針狀的物體慢慢刺進細胞，接著內容物從細胞流出，就像刺破水球的慢動作畫面。

「這個……？」乍看之下平平無奇，就是細胞膜破裂，裡頭的東西流出來的畫面。

我本來這麼覺得，然而——

「咦……？」

不可思議的事情發生了。

從細胞膜流出的細胞質起初還往外流出、擴散，但過了一會兒，流動卻「逆向」了。細胞質就像要回到原本所在的地方開始逆流，漸漸回到細胞「內」。等容納了所有的細胞質後，細胞膜也修復成原狀，整個細胞變回與破裂前沒兩樣的狀態。這光景簡直像是把影片倒著播放。

「這是怎樣……？」即使親眼看到，仍然無法理解。

「不管我做幾次，都會發生同樣的現象。」星乃以冷靜的口氣說明。「刺破細胞膜，讓裡頭的東西流出，但到了某個時間點，流動就會反轉，連細胞膜都『再生』。」

「再生……就像那個，像渦蟲那樣？」我把想到的念頭說出口。渦蟲這種生物以有著高度的再生能力知名。把這種全長約一公分，狀似蛞蝓的生物切成二等分，兩邊就會各自「再生」，變成兩隻生物。切成五等分的渦蟲再生成五隻的模樣，更有著幾分魔鬼的感覺。

「渦蟲的萬能細胞在再生醫療方面也正大舉進行研究，但那終究是從一個細胞分裂、繁殖成其他細胞的機制，和剛剛那樣細胞本身受到破壞之後的再生不一樣。」

「那麼，這是什麼東西？是不死之身的生物？而且，這個……」我到現在才發現。「這玩意兒活著，對吧？」

外星生命，而且還是活的。這是世紀大發現。

「這東西是不是真的外星生命，目前沒辦法證實。只是，擁有這種再生能力的生命，過去在地球上從來不曾發現也是事實。也許這會顛覆人類的生物學常識。」

星乃始終保持冷靜。本來以為她會為這大發現興奮，但她的表情反而很僵硬。

我忽然想到了一個可能。

「妳……該不會早就知道有這種細胞了？」

「早就知道——不，應該說是『早已預見到』吧。」少女的用詞很微妙。「大地同學你知道ＩＳＳ的渦蟲實驗嗎？」

「渦蟲實驗？」

「二〇一五年，ＩＳＳ上進行了實驗，目的是了解渦蟲的再生能力到無重力空間會受到什麼樣的影響。切斷的渦蟲暴露在太空五週後回到地球——之後，發生了異變。」

「異變？」

「切斷的渦蟲身體變成了『雙頭』。」

「雙頭？就是說有兩個頭？」

「對。本來渦蟲再生的時候會變成只有一個頭的正常個體，身體的『兩端』都有頭部再生，在自然界並沒有確定的案例，除非用藥物等方式人為製造雙頭的情形。太空會影響生物的再生能力。」

「所以妳是說，這個『細胞』也是因為太空才變成這樣？」

「終究只是可能性。我的媽媽就一直在研究太空輻射還有無重力這些太空的因素對生物細胞造成的影響——然後訂出了一個假設。」

聽她說明到這裡，我也發現了。太空——太空輻射——細胞。

「這種細胞所具備的像是把時間倒流般的再生能力，和媽媽的論文裡預見到的細胞很像。」

接著星乃說出了這個假設——說出了由她母親提倡，由她父親在太空設計出實驗空間，卻壯志未酬身先死的「夢想」名稱。

「Chronospace Cell。」

2

聚集到路燈周圍的飛蛾有如後夜祭交錯飛舞的夜晚。

——果然，好厲害啊……

從銀河莊回家的路上，我感受著自己那因為今天才剛看到的「大發現」而有些發熱的身體。

「Chronospace Cell」——天才科學家天野河詩緒梨提倡的ＣＨ細胞計畫。那是一項能將人類從疾病與衰老中拯救出來的「夢想」研究，而這「夢想」因為一場發生在太空的悲劇而挫敗。現在詩緒梨的女兒——天才少女星乃正要繼承這項研究。當然我們還不知道這次發現的「細胞」是否真的就是ＣＨ細胞，但星乃腳踏實地繼續進行研究，這點是千真萬確，而我對這件事有著很深的感慨。星乃真的好厲害。雖然現在說這些未免太遲，但她真的是天才，而且也是能對人類的醫學與科學做出貢獻的稀有人才。

相較之下——

『沒錯，大地同學的「夢想」是什麼？』『沒錯沒錯，我也想知道平野的夢想。』『啊，我也想知道平野同學的夢想。』——大家說的話從腦海中掠過，我把這些揮開。

我和大家不一樣。我不像大家那樣有才能，也不是星乃那樣的天才。

——大地同學老是講沒幾句就這樣逃避。

「唔……」那是一種從眼睛深處脹痛似的很悶很沉重的痛。像是要從腦子裡抽出記憶，連大腦的血管都一起拉出來的痛。我按住眼瞼，就摸到濕黏的紅色液體，鐵鏽般的氣味直衝鼻腔。

我知道這個現象。

血淚。

為什麼現在會這樣……這個現象發生時，會發生某種「分歧」——我從過去的體驗中學到了這一點。

那麼，這是怎樣？現在會發生什麼事？什麼事情——會分歧？

就是在這個時候，包包裡傳出了聲響。是手機的通知鈴聲。

【平野大地】。

寄件人：平野大地。收件人：平野大地。由「我」寄給「我」的神祕郵件。

這是第三封。到底是怎麼回事？是手機故障，還是釣魚、詐騙信件？

——咦？

畫面上顯示著一個像是影片的檔案。一個縮圖全黑的影片檔。

我錄過這樣的影片嗎……？影片的時間就在短短五分鐘前。如果沒弄錯，也就是我剛剛才錄的。我完全不記得。

總之，我先播放出來看看。結果畫面上拍到一個人影，不對——

「是我」。

由於只有路燈，背景很昏暗。然而，這段用了智慧型手機閃光燈拍攝的影片中，確實拍到了一個面無血色的少年臉孔——「平野大地」。這張臉孔不是別人，正是我自己，我不可能認不出來，而且右眼流出的正是「血淚」。

為什麼？怎麼會拍到我——我腦子一團亂。自己的手機有著拍到自己臉孔的影片。是我不小心按到了相機的自拍鈕嗎？

接著混亂更達到極致。影片中的「我」說起這樣的話來。

【把我的身體還給我。】

【你到底是誰？你是「我」嗎？為什麼霸占我的身體？你的目的是什麼？我受夠

了。不要再把我關起來了。我受夠了像這樣被關在玻璃牢籠裡的人生。】

【霸占我身體的你，是誰？不，是誰都無所謂。總之把我的身體還給我。不要搶走我的人生。這是我的身體。把我的人生還給我。把我的，我的這具身體——把人生還給——……啊啊——求求你，我求你了——】

影片結束。

「這……」我驚愕不已。一個臉孔長得跟我一模一樣的人——不，那無疑就是我，就是短短幾分鐘前的平野大地——拚了命在訴說。當然我不記得自己做過這種事，不記得拍過這影片。而且，還是這樣的內容。

【霸占我身體的你】【把我的身體還給我】【不要搶走】。

難不成……這時我的腦子裡有一個「假設」昂起了頭。

直到去年的七月二十五日為止，我都是個平凡的高中生，安穩地過著高中生活。而突然介入這「十七歲」的我生活中的就是「二十五歲」的我。我為了讓自己的人生重來，「覆寫」了十七歲的人格，然後開始走「第二輪」的人生。

如果，如果事情真的是這樣……如果我這幾近妄想的「假設」為真。

拍下這影片的就是「十七歲」的我——

「是『第一輪的我』」？

3

翌日，我心情鬱悶地在教室裡聽課。

大概是因為過了一晚，讓我冷靜了些。

昨晚在手機發現的神祕「影片」，我「自拍」錄下的那幾十秒令人費解的影片。我對此擬出了一個假設，推測那是「十七歲的我」在對「二十五歲的我」抗議。然而，要這麼斷定未免略嫌武斷，我開始認為目前對於其他可能性也該去探討看看。

——例如……

我左耳進右耳出地聽著老師講解英文文法，一邊在筆記本上寫下一個用語。

解離性身分疾患。這是一種以前被稱為「多重人格」的障礙，昨天那個影片中拍到的「我」也可以解釋為「另一個人格」——也就是跟我不同的人格。

又或者——心因性記憶障礙。因為某些心理壓力，讓我忘記自己拍過影片這件事的狀態。例如，受到「血淚」的衝擊，導致記憶暫時缺損，這種解釋也不是說不通。

【「Space Write」的副作用……頭痛、暈眩、嘔吐、幻覺、視覺障礙、記憶障礙、對腦神經造成不可逆的破壞、休克死亡。】

第一輪的星乃留下的資料夾裡，Space Write的副作用也的確列出了「記憶障礙」。而我在這「第二輪」的世界也確實經常會忘記「第一輪」裡發生的事。如果把昨天的「影片」解釋成這種副作用，也不是那麼不自然。比起Space Write都過了足足半年的現在「十七歲的我」才突然跑出來，似乎更加有可能。

這件事我目前瞞著星乃。畢竟我不希望她看到這種東西，覺得我腦袋出問題，而且我也會顧慮到不想打擾正專注於研究那種「細胞」的少女。

——黑井今天請假嗎……

我很想找黑井商量這次的事，但不巧她請假。黑井原本就屬於比較常請假不來上學的類型，然而這次我說什麼也想當面找她商量。我只在郵件裡寫了一句「明天能來上學嗎？」的訊息，但尚未得到回應。

「起立～～」宇野喊口令，讓我知道課上完了。我覺得有那麼一瞬間宇野看了過來，但對看到的那一刻，她就撇開了視線。

——怎麼回事？

只是現在的我沒有心思顧及這些，搖搖晃晃地起身，收拾東西準備回家。我只想趕快回去休息——才剛要合上筆記本……

——！

同一句話密密麻麻寫滿了皺皺的筆記紙。

【還給我——】

4

這天回家路上。

我魂不守舍，踩著搖搖晃晃的腳步走在夜路上。剛才在惑井家用晚餐，直到送星乃回公寓，我還勉強撐住，但等到只剩自己一個人，走路就完全變成蛇行。從我身旁走過的行人也都露出訝異的眼神，但現在我沒有心思理會。

——還給我。

「有人」在我腦海中呼喊。

「嗚……」右眼又流下溫熱的液體。按住眼睛的手帕已經染成深紅色。——還給我。把我的身體、我的人生，馬上，還給我。還給我。還給我。

「嗚，唔啊……」痛楚實在太強烈，讓我靠到牆上。就在這時——

「——平野學長？」

聽到這個聲音，我震驚地睜開眼睛。

「唔……」站在路燈燈光下的是犂紫苑。「妳怎麼會在這裡？」

「平野學長看起來遇到困難，所以我就想來給你一點幫助。」

「多管閒事。」

「請先戴上這個。」紫苑從口袋裡拿出一個物體，朝我扔來。這個物體輕飄飄地飛上了天，我不由自主地接住。

「眼罩……？」

「戴上去就會輕鬆點。」

「這種東西……」我正要扔掉，紫苑就輕輕抓住我的手。然後說下去。

「Space Write的記憶資訊是從『右眼』的視網膜細胞寫入，所以『右眼』的視網膜細胞說來就像是『第一輪的自己』與『第二輪的自己』相互較勁的場地。」聽到她若無其事提到「視網膜細胞」這個字眼，讓我心中一陣亂糟糟。這個少女到底知道多少？

「簡單說，就像是硬把第二張牌貼合到第一張牌上的狀態。第二張牌有些剝落，讓第一張牌露了出來。把平野學長身上發生的現象做個簡單的說明，就是這個樣子。」

「第一張，和第二張……」

我不得不震驚。這個少女完全看穿了第一輪的我的存在。連家人都沒發現，為什麼她會知道這種事？

「有種疾病叫作視網膜剝離吧。因為年齡增長，又或者是受到物理衝擊，導致視網膜細胞剝離的現象。」紫苑不理會我的震驚，繼續解釋。「平野學長的情形就是『第二輪的視網膜記憶』有部分從『第一輪的視網膜記憶』上剝離的狀態。用紙牌的例子來說，就是第一張從第二張剝開的部分往外窺探的狀態。只要堵住這『窺探用的窗戶』，暫時就能壓抑住第一輪的自己。」

「所以才要戴眼罩……？」

「要不要嘗試得交給平野學長自己決定就是了。」她微微一笑，又加上幾句說明：「透過戴眼罩阻絕來自外界的資訊，就能緩和對視網膜的刺激。說是透過這種方式為『偷看用的窗戶』掛上窗簾，會不會比較好懂呢？雖然終究只是一種治標的方法。」

「妳為什麼這麼清楚？而且，妳對Space Writer知道多少？」

「學長猜猜，我知道多少呢？」

對方始終在裝蒜。

她說到這裡轉過身去，又微微回過頭——

「霸占別人的人生（帳號）——」

最後留下這句話。

——「這就是Space Write的本質。」

5

室內充滿了原原本本的冬日寒氣，冰冷至極。

銀河莊二〇一號室。

「對，這裡的畫面。只要在這裡用光去照細胞，進行光譜分析——」

星乃在筆記型電腦上顯示出那種「細胞」，說明研究的進展狀況。換作平常，我會對這很有刺激性的內容大感興趣，但今天我聽不進星乃說的話。

——霸占別人的人生（帳號），這就是Space Write的本質。

紫苑昨天那句話在腦海中甦醒。她的這句話明明白白地揭曉了先前我一直感受到的不對勁是怎麼回事。

「第一輪的自己」。

十七歲的平野大地——「第一輪的我」，西元二〇〇〇年出生，之後的十七年來都過著平凡日常生活的高中生。這個高中生在西元二〇一七年七月二十五日，眼睛湊到銀河莊二〇一號室門前的對講機的那一瞬間，記憶資訊被「Space Write」過來的「第二輪的我」寫入。那是「第二輪的我」霸占「第一輪的我」的瞬間。

之後，「第一輪的我」一直銷聲匿跡，悄悄沉澱在我的意識最底層。然而到了最近，卻會抓準「第二輪的我」意識的空檔，頻頻來到舞台上。「第一輪的我」想從「第二輪的我」手中搶回自己的身體——說來我現在就處於這樣的狀態。

當然，沒有任何人可以保證紫苑說的話就是真相。也許就只是推測，也說不定是為了誤導我而特地編造出來的一套說詞。可是我不得不承認，我心中有幾分想通，而且她的說明也說得通。

我輕輕按住右眼的眼罩。到頭來，我還是照紫苑的教導，把眼罩戴到右眼上，這樣過著日常生活。的確痛楚緩和多了，而且連自己也感覺得出有止痛效果。我對星乃說了個「撞到電線桿」這種蹩腳的藉口，不知道這種謊言可以管用到幾時。

以後會怎麼樣……明明是自己的身體，卻完全搞不懂。身體會被第一輪的自己強行搶回去，還是會慢慢被搶走？我毫無頭緒。

這樣下去別說要保護星乃，恐怕連我都自身難保——

「——大地同學？」

一張雪白的臉孔從我眼前冒出來。

「做、做什麼啦？」我嚇了一跳，整個人往後仰。黑髮少女歪了歪頭。「你有在聽嗎？」說著皺起眉頭。

「嗯，我有在聽。不對，妳說到哪了？」

「真是的！最近的大地同學也太常發呆了，所以才會撞到電線桿。」

星乃噘起嘴脣，但仍然為我說明。

「這之前的『細胞』畫面，我去驗證過之後發現了更不得了的事情。」

「更……不得了的事情？」我一邊說一邊讓心情鎮定下來。我先暫時不去想「第一輪的自己」，仔細聽星乃說話。

「刺破細胞膜之後很快就『再生』，這你還記得嗎？」

「嗯，記得。」

我不可能會忘記。從隕石上採取到的那種「細胞」——也許是外星生命的神祕生物。即使刺破細胞膜也會立刻再生，是一段很不可思議的影片。

「那個畫面讓我想到一些事情，所以我就試著對影片做了些處理。」

星乃在螢幕上播放影片。是先前我也看過的那段細胞再生的影片。用極小的針刺破細胞膜，從中溢出的細胞質反轉，再度回進細胞內的光景。

影片有兩段。刺破細胞膜，內容物流出，然後再生。內容完全一樣。

「為什麼同樣的影片播兩次？」「你看起來一樣？」「咦？」

星乃側目看了我一眼。她的眼神像是在問我問題。

「雖然一樣，但是不一樣。」星乃用像是禪問的說法回答我。「的確是同種細胞，但『「再生」的方式不一樣』。」

「再生的方式……？」

「『逆再生』。」

星乃把兩段影片並排在螢幕上。

「左邊的影片，是正常『再生』——這裡所說的『再生』，不是指死而復活……是指播放影片的『再生』（註：日文中的播放（Play），漢字即寫作「再生」）。而右側的影片是『逆再生』，也就是將時間順序『反過來』播放的。」

星乃語帶雙關地用著「再生」這個詞，指著兩段影片說明。

「第一個影片，是前幾天我們也一起看過的『細胞』影片。我們就稱它為『A影片』吧。這『A影片』是拿針刺細胞，穿破細胞膜，細胞質外流後恢復原狀。說來理所當然，但就是照時間順序從過去朝未來——具體來說，是在細胞遭到破壞後的約〇・六秒後復活。而把這〇・六秒『逆再生』的，就是右邊的這個影片——就暫且稱它為『B影片』吧。這B影片是把A影片逆再生出來的，時間當然就是從未來往過去流動。到這裡聽得懂嗎？」

「有點複雜，不過說穿了不就是正常的影片和倒帶播放的影片嗎？」

「對。可是，這A影片和B影片重疊在一起，就會莫名地完全相符。像這樣。」

星乃把兩段影片重疊在一起。兩者完全重合，沒有絲毫不一致。

「我要播放了。A影片和B影片同時播放。」

星乃喀的一聲點下滑鼠，重疊的A影片與B影片同時開始動起。細胞破裂、流出，恢復原狀——動作分毫不差，完全一致。

「咦？」我總算也發現了星乃想說的話。「這太奇怪了吧？這個，B影片是『逆再生』吧？為什麼會完全重合？」

「不對勁吧？正常再生和逆再生的影片不可能會完全重合。就像人類即使『往後走』來回溯走過的路，著地的足跡也不可能會全都落在同樣的位置上。」

這現象很奇妙。一度毀壞的細胞就像影片「倒帶」似的恢復原狀。

「這是發生了什麼事？奇蹟般的巧合？」

「不可能是巧合。不管試幾次，這『細胞』都會像倒帶約〇・三秒一樣，完全順著同樣的路徑讓細胞的內容物恢復原狀。〇・六秒的影片當中，播到〇・三秒時開始『倒帶』，然後恢復原狀。就像時鐘的秒針往回走一樣。」

「難道說……」

「媽媽所提倡、預言的CH細胞假設當中，就有同樣的現象。」

接著星乃以令人莫測高深的表情宣布了謎底。

「『這種細胞將時間倒帶了〇・三秒』。」

「這……」我說不出話來。

細胞——把時間倒帶。照常識來推想實在不可能，會讓人嗤之以鼻。

但是我知道這個世界上存在時光機——「Space Writer」，也知道時光機的發明者就是眼前這個小小的少女。

所以我不會劈頭就否定。

「麻煩解釋清楚一點。」

「這終究還在假設階段就是了。」星乃切換畫面。這次顯示出像是彩色尺的圖形，以及一些寫了細小文字與數值的資料。「就像十九世紀透過光學頻譜進行的分光分析，讓天體觀測技術得到飛躍性的發展，媽媽也為了從根本層面發展觀測技術，對於細胞層級的光譜分析投入了格外多心力。尤其是應用宇宙射線的分光分析新技術，在未發表的論文裡也曾不只一次提到，她提出了一個假設，認為宇宙射線並非只有會因為輻射太強而破壞人體細胞的射線，其中也存在著無害且還有正面效益的射線。關於無害的射線，她認為可以發展成像拉曼光譜這種對細胞非侵入式的分析觀察技術，而這種觀察技術正是深入分析外星生命的過程中必備的基礎。爸爸預見媽媽的這些基礎研究會有的發展，為了把宇宙射線觀測裝置裝載到ＩＳＳ的船外實驗平台與ＪＡＸＡ的分光觀測衛星，早就在進行準備。雖然有一部分已經進入實用階段，但媽媽預見更遙遠的未來——」

星乃滔滔不絕地談論雙親的研究。雖然我聽不懂詳細的內容，但星乃的側臉遠比平常神采奕奕，讓我深深了解到她是多麼以雙親為榮。

「——然後將『細胞』進行光譜分析的結果就是這個。」

「抱歉，差不多要麻煩妳進入結論了。」

「輕忽過程是大地同學的壞習慣啊。」星乃莫名以高姿態這麼說。「看這裡。」但還是以指甲留得很長的指尖指向畫面。

「這裡的光譜，雖然不清楚，但唐突地欠缺了一些部分。」

「欠缺？」

「就像紅外線和紫外線超脫了人類可見光領域，即使用上媽媽設計的分光分析技術，也仍然有著無法觀測的領域——而且還是無法用波長的長短來解釋的『不可視』領域。媽媽把這個部分和我們已知的一次宇宙射線與二次宇宙射線加以區別，暫時命名為『零次宇宙射線』。而這宇宙射線後來是被這樣稱呼的——」

少女以看向遠方的眼神懷念過往似的，說出了這個全人類都尚未達到的發現。

「『超光子（迅子）』。」

○

星乃說明到這裡，站了起來。

我以為她去上廁所，就等在原地，而少女很快就抱著臉盆，為了避免跌倒，一步一步慢慢回到桌旁。她合上筆記型電腦，隨手放到附近的空紙箱上，然後沉重地把臉盆放到桌上。臉盆裡裝滿了水。

「怎麼突然拿這個來？」

少女本來正流暢地報告研究進度，卻突然拿了臉盆來，讓我嚇了一跳。

「看也知道吧，就是今天的特訓。」

「我想知道超光子云云的後續啊。」

「那個明天再說。『這邊』的進度落後比較多，所以不推動一下就麻煩了。」

「呼！⋯⋯」她把臉湊到水面，但只是鼻頭稍微碰了一下，立刻又「噗啊！」一聲抬起頭。少女始終緊閉著眼睛，隔了一會兒又重複做一樣的動作。

「呼〜〜⋯⋯進步了不少啊。」

少女心滿意足地用手臂擦去水滴。

「進步？不就只是鼻頭沾到一點點水嗎？」

「就算只有一點點，進步就是進步。即使這對人類來說只是一小步，對天野河星乃來說卻是天大的飛躍啊。」

「妳是登月的阿姆斯壯船長嗎？」對於我的吐槽，少女「哼⋯⋯」了一聲，然後再度面向臉盆。

「呼！⋯⋯（撲通）⋯⋯噗啊！⋯⋯嘶〜〜呼〜〜⋯⋯呼！⋯⋯（撲通）」

少女一臉正經，苦修似的持續特訓。

「⋯⋯」我看傻了眼，但開始察覺到一件事。

察覺到都一樣。

星乃現在做的這種游泳特訓——這樣說對她很不好意思，但這個怎麼看都是小學生程度的練習，和全世界科學家都尚未到達的世紀大發現這種等級的研究，對這個少女來說都一樣。就當上太空人這個「任務」而言是並列的，所以她才會寧可暫時放下世紀大發現，把時間花在做這個特訓上。

「噗啊！……唔！咳！嗚噁呼！」少女嗆到了。我輕輕摸著她的背說：「喂，妳還好嗎？」

「唔～～」她淚眼汪汪地看著我，等咳嗽平息又面向臉盆。

我抬頭看著貼在牆上的諸多任務，重新體認到。無論研究、游泳、挑食、討厭人類──這一切對這個少女來說，都是走向夢想必須經過的階梯，星乃正一階一階拚命想往上爬。

「我說啊，星乃。」

「噗啊唔？」水滴就像鼻水似的，從抬起頭的少女鼻子流下。

我一邊用浴巾幫她擦拭──

「之前我也問過……妳以前是不是出過什麼事？就是一些會讓妳怕水的事情。」

「我不太想去回想，但我是曾經在河裡溺水。」

「那是幾時的事情？」

「七歲或八歲前後吧。大概是在露營區……我就在那附近的河裡溺水。救生圈被沖走，腳根本碰不到底……水好冰冷……」星乃像是想起了當時的感覺，全身一震。「當時爸爸跳下來救我，但我覺得後來好像再也不曾去過游泳池或河邊這類的地方了。」

「也許就是這件事吧，妳之所以怕水的理由。」我也多少有共鳴。自從小時候泡熱水澡燙傷，就有好一陣子都很怕泡澡。雖然我跟她有著冷水和熱水的差異，但幼年期的這種體驗還挺容易留下陰影——

等等？

「等我一下。」我站起來，抱起臉盆。先把水倒進流理台，接著用開水壺煮開水。差不多這樣吧……我用手試溫度，調整到有點涼掉的洗澡水溫度後——

「這個，妳試試看。」

將臉盆放到星乃面前。

「你裝了什麼進去？」星乃用指尖碰了碰熱水。「溫溫的。」

「妳把臉往這裡面泡泡看，也許會比冷水少一點抗拒。」

「嗯～～……？」星乃顯得半信半疑，但仍在臉盆前擺好姿勢。她雙手握住臉盆，戰戰兢兢。

撲通。起先只用鼻頭碰一下，然後抬起頭。「啊……」她似乎發現了什麼，這次整張臉泡進去，然後嘩啦一聲抬起頭。

「很像洗熱水澡……」

星乃滿臉是水，喃喃說著。

「這個真的好像泡熱水澡！」星乃又把臉泡進去，這次維持了兩秒、三秒、四秒……時間還在經過。「大地同學！我辦得到！這樣的話，我就辦得到！」

「太好啦。那我們就慢慢把溫度調低試試看吧。」

「嗯！」星乃低著水滴，開心地點頭。

——沒錯。

依稀記得在遙遠的過去，第一輪的我就用過這樣的方法來陪星乃特訓。那個時候，我是不是也像這樣用比較溫的水呢……看著她欣喜的表情，我心中也湧起一股就像眼前這盆溫水似的暖意。

「我說啊，星乃。」

「噗啊！噗唔？」少女發出奇怪的聲音，從臉盆抬起頭。

這時我提議了。

「要不要去游泳池？」

6

之後過了一週左右的某個週日。

『——這樣啊，游泳池啊？』

「地點我剛才已經先用郵件傳給妳了，因為我想說最好還是告訴妳在哪裡。雖然沒

跟妳商量就擅自決定是不太好意思。」

『別放在心上，平野大地。』電話另一頭，黑井冥子以一如往常的語氣說著。『天野河星乃當上太空人，搭上ＩＳＳ，可說是所有因果匯集的重大事項。一旦這個點有所動搖，一切的時間順序都會亂了套，特務的任務也將不可能執行。既然需要進行游泳的特訓，就不用猶豫，儘管去執行。』

「知道了。」

『還有什麼別的事情嗎？』

——霸占別人的人生（帳號）——這就是Space Write的本質。

「啊，沒有……」我也想過要找她商量那件事，但話卡在喉頭出不來。我覺得黑井應該願意跟我商量，但這也不是在電話裡三言兩語就說得完的，而且現在星乃就待在我身邊。

聽到我不說話了——

『祈禱你們任務成功。』

她說完這句話，電話就掛斷了。我看著畫面上顯示的「黑井冥子」，收起了手機。

——要不要去游泳池？

我前幾天這麼提議時，星乃立刻回答「不要」。只是，經過「我們把游泳池包下來」、「不會在途中遇到地球人」、「深度絕對踩得到底」等各種條件交涉後，終於成功帶她來了。坦白說能帶她來，我也嚇了一跳。不知道是星乃把夢想看得這麼重，還是感受到在家訓練有其極限。

要把星乃帶出銀河莊，老實說我會抗拒。只是也不能一直把星乃關在家裡，而且既然紫苑是Cyber Satellite公司的員工，肯定知道我們的住址。紫苑直到今天都沒來襲擊或拜訪，想來至少現階段並沒有打算加害我方。如果不是這樣，我每天吃她的便當，早就被毒殺了。

「只是話說回來，她好慢喔……」

我朝更衣室看去，星乃還沒有要出來的跡象。我們包下的二十五公尺游泳池已經放滿了水，水藍色的水槽和綠色的池邊，看上去就像是高原上的湖畔。

我正看著被水流帶歪的五公尺標線發呆——

「大、地、同學……？」

我聽見有人喊我。轉身一看，少女躲在柱子後面看著我。

「怎麼躲在那種地方？換上泳裝了嗎？」「嗯、嗯……」「那就過來這邊啊。」

「可、可是……會不好意思……」少女還躲在牆壁後面遮著臉。

「妳看，只有我在，而且時間寶貴啊。」

「嗚嗚……」星乃探出頭。「你不會笑我？」

「啥？」

「不會笑我的泳裝？」

「不會。」

「你敢笑，我就把你打成漢堡排。」

少女猶豫了半天，「嗚嗚嗚～」地發出掙扎的聲音後，總算現身了。

「啊……」修長的手腳，太瘦弱的肩膀，蒼白的肌膚。黑色長髮現在用橡皮圈綁起，稚氣的臉龐顯得更加稚氣。

最重要的是──

「為什麼是學校泳裝？」星乃身上穿的，怎麼看都是小學生穿的學校泳裝。而且款式相當老，這年頭很少國小會採用這麼舊款的泳裝。

「家裡只有這件。」「真虧妳穿得下啊……」她那比起同齡少女實在說不上發育好的大腿與雙手從緊貼著皮膚的深藍色泳裝延伸出來的模樣，令人莫名有種像是硬把還沒完全成熟的果實剝開的悖德感。

「不……不要一直盯著我……」星乃大腿忸忸怩怩地磨蹭，用雙手遮住胸部。

「那……那我們開始做暖身操吧！」

我也跟著緊張起來，眼前就先大聲喊話來掩飾尷尬。

接著三分鐘後。

「好……好痛，咿嘎啊～～」

「妳喔，身體真的很僵硬耶～～」

少女開腳伸展，我用力壓她的背。

「不行不行不行！大……大腿會裂開～～」「不好好做柔軟操的話，腳會抽筋的。」「呼……呼嘎！啊啊呼啊！……嗯。」「不要發出奇怪的喘息聲。」這個少女從平常就是不健康與運動不足的化身，還在暖身操階段就已經遭遇挫折。她的身體就是僵硬，也沒有體力。「好……好癢，大地同學，好癢。」「妳意見很多耶。」「你剛剛摸了奇怪的地方吧？」「我才沒摸。」「呼～～呼～～呼～～」「妳拉個筋是有沒有這麼累？」「差不多可以休息了嗎？」「我們什麼都還沒開始耶。」

我激勵已經想投降的少女，牽著她的手拉她起身。

「好，我們要下去游泳池了。」

「唔……」少女面對巨大的游泳池，顯得畏懼。「要……要不要改下次？」

「妳是來幹嘛的啦？」

我們付了高昂的包場費，可不只是為了在游泳池邊做暖身操。

「來，總之妳先坐下來，只有腳也沒關係，先泡進水裡試試看。」

「不……不會有事吧？不會被一口吃掉吧？」

「民營的兒童游泳池裡是有多大隻的怪獸啦。」

我推著這個害怕的少女，讓她在有扶手的游泳池邊坐下。

「好……」星乃腳碰到水的瞬間就縮了回來。「好冰。」

「因為是冷水啊。」

「弄成溫水啦，就像上次的臉盆那樣。」

「包場還要溫水，費用是要多高啊。這已經是請他們把水溫調高過的耶。來，腳泡進去，然後往身上潑水，讓身體習慣。」

「唔唔……」星乃從腳尖開始泡進去，不斷喊著「好冰」同時用手掌往身上潑水。

「好，接下來泡到腰吧。」

「腰、腰……腰是指到哪裡？」

「把屁股泡進水裡。」

「等一下，屁……屁股還沒練啊。」

「是要怎麼練啦。別說那麼多，來，泡進去就會覺得都沒什麼了。」

我牽起星乃的手，少女就縮手縮腳地往下滑。「好冰！」一泡到腰部，她立刻就想起身，但我從上面按住她的肩膀。

「放、放開我！好冰！大地同學，我投降！投降投降！」不認命的少女胡亂揮舞手腳掙扎。

——真拿她沒轍……

我按住少女的肩膀，為這前途堪憂的任務展望嘆息。

一小時後。

「來，慢慢來，一步一步。」

隔了幾次休息時間後，總算進行到水中步行的訓練。

「嗚嗚，哇噗，噗啊！」

「不要彎腰，不然臉往下會喝到水吧。就跟在陸地上一樣，正常走就可以了。」

「不要放手喔，絕對不可以放手喔！」

少女抓著我的雙手在水中一步一步走。她穿越這寬十五公尺的游泳池途中想折返，但知道池邊很遙遠，就心不甘情不願地轉為前進，將窩囊這個字眼體現得淋漓盡致。

「好～～加油，就快到終點了。」「哇噗，噗啊！」「不用試著說話，會喝到水啊。」「哼嘶～～哼嘶～～」「我可不是要妳用鼻子呼吸喔。」

我們東扯西扯地來到了游泳池的另外一側。

「咿～～」

少女就像撿回一條命似的爬上游泳池邊，就這麼倒在地上。

「妳好努力啊。只要去做就辦得到嘛。」「大……大地同學，是那個，魔鬼啊。是魔鬼教官啊……」「哪有魔鬼這麼好的？」我也爬出游泳池，然後在少女身旁盤腿坐下。倒下的少女似乎想到了些什麼，直挺挺地坐起，拿我的腳當枕頭，又躺下來，成了一種另類的枕大腿。

「呼～呼～……腿借我躺一下。」

「是沒關係，不過坐起來會不會比較輕鬆？」

「呼……」星乃仍然躺在我腿上，慵懶地伸展四肢。她的胸口上下起伏，沾濕的頭髮貼在我腳上，有點癢。

接著少女發出安祥的鼻息聲。她也不管身體還是濕的，側臉埋到我腳上睡了起來。這樣一看，就覺得她的臉和身體都非常嬌小，背蜷曲的模樣像隻幼貓。

「喂，會感冒的～」「唔呀……」星乃沒有要醒的跡象。

算了，沒關係啦……一個連臉都不敢泡進臉盆的少女出了遠門，進了真正的游泳池，在水裡走了幾步。相信她真的累了吧。

——記得「第一輪」她也是像這樣努力啊……

我一邊陪她練習一邊漸漸想起更多「第一輪」的事。這個少女就是這樣狼狽掙扎著，一步一步爬上通往「夢想」的階梯。

「夢想啊……」

——我將來的夢想是——

內心深處一股刺痛，讓我靜靜地按住胸口。

・水中步行　☆☆　CLEAR!

7

「——夢想？」

和我們一起咬著麵包的涼介從英文單字手冊上抬起頭。

午休時間。今天紫苑沒來，所以我和涼介兩個人坐在長椅上吃午餐。最近涼介把一本小小的英文單字手冊掛在脖子上，動輒拿出來查看。他還是掛著那品味很差很花俏的銀項鍊，和單字手冊一起掛著就顯得很不搭調。

「你不是在簽名板上寫了嗎？寫說想當醫生。」

【當醫師，和美女護理師打情罵俏！】（山科涼介）

涼介寫在簽名板上的夢想確實很有他的作風。我很清楚只寫「醫生」的話，他會很難為情，才會加上後半句。

——所謂的夢想，是什麼東西啊？

我對涼介問出這個問題，是因為想知道一件事。

夢想。

那個足不出戶的繭居族少女多次出門去游泳池，拚命努力；不愛念書的輕浮男涼介一邊吃飯一邊認真地翻閱英文單字手冊。他發下豪語說這次的校內模擬考要拿下A，被伊萬里吐槽：「你明明只拿過E吧？」這還是昨天的事。

為了夢想；因為有夢想。

夢想——我很想知道是什麼讓人有這麼強的動力。我覺得找涼介這種以現在進行式追夢的人問問，就能得到一些提示。

「涼介你覺得，那個……『夢想』是什麼？」

「呃～～嗯？什麼意思？」

涼介合上英文單字手冊，收進胸口。他拍了拍手，手上的麵包屑掉到項鍊上。

我是想問什麼呢？我自己問了問題，但其實自己也不清楚。

「關於夢想是什麼，涼介你也不清楚嗎？」

「大地同學你不懂的東西，我怎麼可能會懂？」涼介回答得很乾脆。「可是，怎麼說……這種『好厲害啊』的感覺我倒是懂。」

「？什麼東西厲害？」

涼介坐在以冬天而言陽光很溫暖的後院長椅上，仰望天空。

「我多虧了大地同學，現在才會像這樣以考上醫學院為目標，可是……最近，連我自己都覺得有種很不可思議的感覺。」他從胸口悄悄拿出單字手冊翻開來，然後又當扇子似的合上。「換作是前不久的我，連這個……大概也會在最前面十個單字，再怎麼努力也會在二十個單字左右就放棄了。要我背一百個、兩百個單字之類的，我絕對記不住。大概到第三天就會受不了，跑出『指令』。」

「指令？」突然冒出這個字眼，讓我一頭霧水。

「玩RPG不是常有這樣的指令嗎？怪物出現的時候，就會有『戰鬥』、『防禦』、『逃跑』這類的指令。以我的情形來說，無論社團活動還是念書，不管什麼事情一直都有著『逃跑』這個指令。只要有點難受，我就會想說『乾脆別做了吧』，然後手指就會放到『逃跑』指令上。」

涼介做出手指在空中按按鈕的動作。

「——可是，我變了。」

他抬頭看著長椅前的樹木。樹葉縫隙間射下的陽光照亮花圃，讓花朵隨風搖曳。

「從我下定決心要當醫生以來——從我開始朝夢想前進以來，指令就不一樣了。『逃跑』消失了。」

「？這話怎麼說？」

「我也不太會說，而且可能無法回答到你的問題，可是……從我開始朝夢想前進以來就覺得我好像變了。雖然像模擬考的分數啦，偏差值啦，這些都還完全不行，但就算這樣，我心裡一次都沒想過『不做了』、『放棄』這樣的念頭。換作前不久，如果我這麼努力用功，模擬考的分數還是很難看，我一定會馬上覺得很討厭，然後就放棄了。可是最近，我完全不會有這樣的心情，而且該怎麼說，會覺得比起眼前的分數，更重要的是如果能像這樣好好記住單字，將來幫外籍病患看診時應該就能派上用場；或是比起要背龐大的醫學書內容，準備考試也只算是在鍛鍊腦部。就像這樣，完全不會覺得痛苦。我過去完全不懂念書的意義，也曾經覺得乾脆別讀高中了，可是現在不一樣。那個……說來很難為情，不過要成為像老爸那樣醫術好的醫生，總不能連念書這種事都做不好，所以，那個……啊啊，怎麼說，我還是不太會解釋啦。」

「我懂，雖然只是隱約懂就是了。麻煩說下去。」

我要涼介繼續說。我還想聽，想多聽聽夢想，以及追夢的人是什麼心情。

「所以，這終究只是我的情形……」他按住胸口的手又把手冊像扇子似的攤開，看得到他寫的那些很醜的英文字母。「我就覺得夢想好厲害啊。覺得只是在追逐夢想，就讓窩囊的自己變了這麼多。雖然這樣可能很幼稚，可是該說感覺就像變成遊戲的主角嗎？身體裡頭有一股非常強大的能量湧出來，就像變成了超級山科涼介……」

鐘聲響起。「啊，不妙。」涼介說著站起來。

我和涼介一起爬著通往教室的樓梯上去，一邊看著涼介的背影。

「指令……是吧。」

——你喜歡RPG嗎？

最近一直沒見到的那個貝雷帽少女所說的話浮現在腦海中。

8

■浦野香澄（天文氣象社）

【夢想】想當氣象播報員，在晨間焦點播報。

「咦，夢想？我想想……畢竟我參加天文社，而且從以前就喜歡天體觀測。我覺得如果能變成像爸爸那樣的天文學家就太棒了，可是門檻很高，又覺得天氣預報大姊姊那樣也很棒，雖然要上大電視台的節目也是難關啦。對了，平野同學你啊，跟那個太空寶寶天野河同學很熟吧？下次要不要一起天體觀測？」

■鈴木一郎（棒球隊）

【夢想】如果能在企業隊之類的打棒球就好了～

「夢想啊……我是棒球隊的，而且從國小打小聯盟的時候就一直是個棒球痴嘛。我很想寫成為職業棒球球員，不過我想企業隊之類的地方大概比較實際吧。雖然連企業隊也是一道窄門啦……甲子園？啊啊，這對我們學校的棒球隊來說是很吃力，但打進地區八強大概還挺實際的吧。不好意思，我要去練球了，下次再聊。」

■天王寺藤子（茶道社）

【夢想】教茶道跟和琴的老師。

「啊～～畢竟我們家爺爺是茶道世家出身，繼承家業？啊～～會怎麼樣呢～～哥哥和姊姊都就業了，也有可能會由我繼承吧。該說是夢想嗎？也是啊……就像是家業啊。嗯，彈和琴方面我還上傳了影片。對了，平野同學，你要不要彈彈看？和琴班都沒有男生，如果你有興趣請一定要來。第一次上課免費喔！」

■恆野朝陽（海鷗社）

【夢想】搭上型男科技業老闆，嫁入豪門？

「嫁入豪門不一樣耶，雖然普通人也不錯，但沒有錢就～～……咦？夢想？那拿老公的錢當開店基金，經營一家店之類的吧～～像是很適合拍照放到社群網站的咖啡廳。別說這些了，伊萬里要離開，我會有夠寂寞的……」

■飯田和義（足球隊）

【夢想】足球雜誌的記者之類？

「喔，平野，最近好嗎？……咦？簽名板？對喔，夢想啊～要說真心話，我是想寫J聯盟～可是連縣級大賽都沒辦法晉級，實在是有極限啊。不過我喜歡足球，所以希望可以做跟足球有關的工作。像是地區少年足球隊教練或是運動記者就挺不錯啊。雖然我很不會寫文章啦。」

■近藤宇平（校刊社）

【夢想】三角運動褲王國。

「咦？對，就是三角運動褲王國，是個所有國民都要穿三角運動褲的國家。什麼？你說要正經點？我可是再正經不過喔。德國法學家吉歐・耶林內克（Georg Jellinek）就提過國家的三要素是主權、領土與人民，根據這個理論——（中略）——我認為只要發表獨立宣言並維持實際支配，那麼要得到國際法承認為國家未必不可能。所以，這不太像是夢想，更像是進程圖的一環，也就是——咦？夠了？是嗎？沒能得到你的理解，我很遺憾。對了，下次Universe會有迷你現場演唱會，要不要一起去？」

「嗯～～……」

我把聽來的話寫成筆記，歪了歪頭。

——全都不一樣……大家的回答。

白天，我一手拿著簽名板，編造出「可以讓我問個問題當參考嗎？」這樣的名義，找大概十個人問過。只是幾乎跟每個人都只聊上幾分鐘，而且提問內容太抽象，連對方是不是真的聽懂我的意圖都很難說。

從結論說起，就是並沒有得到確切的答案。我並未期待能聽到像伊萬里或黑井那樣有關夢想和人生哲學的說法，但得到的答案比想像中更含糊。是我該問得更深入嗎？不對，一下子就要太深入的話題也有困難……有最明確願景的是寫「三角運動褲王國」的近藤，這點實在讓我覺得沒救。

正當我對訪談結果苦思——

「——平……平野同學！」

抬頭一看，宇野宙海就站在身前。她抱著狀似裝著講義的紙箱。

「平……平……平野同學，好好……好巧啊，你……你會在教室待到這麼晚。」

為什麼宇野講話結結巴巴？

「我在想事情。Universe妳呢？」

「就……就是一些小事，像是班長的工作，還有老師要我處理的雜事。今……今天不用去上歌舞課，我……我就想說處理一下其他堆著沒做的事情。」

「喂，妳怎麼啦？一直怪怪的。」

我把臉湊過去看，宇野就嚇了一跳往後退。然後少女將手按在胸口，深呼吸幾次。

她是在緊張什麼？

「平野同學，你……你手上的……」

宇野說到這裡，像是要掩飾自己的緊張，換了話題。

「你是為了寫簽名板才留下來？」

「不好意思，記得妳是負責彙整的啊。可以再等我一陣子嗎？」

「啊，不會，沒關係沒關係！我沒打算要催，就只是好奇。」

「好奇？」

「因為平野同學今天也在教室裡跟大家談簽名板的事……」

「啊啊……」我自認選了不太醒目的人選與位置，但宇野也許早就猜出來了。

「如果不嫌棄，可以跟我商量喔。」

宇野抱著講義溫和地微笑。以前那個不敢違逆母親，差點放棄當偶像明星這個夢想的少女現在是如此神采奕奕。看著她那蘊含著開朗與堅強的率直眼神，就覺得我要的答案就在這裡頭。

「那個，不好意思，我要問的問題很抽象——」

我把自己的煩惱說給少女聽，包括我沒有「夢想」可以寫在簽名板上；我根本不清楚夢想是什麼；我因此去找班上的大家一個一個問，但找不到明顯的共通點——宇野仔細地「嗯、嗯」應聲點頭，興味盎然地聽我說話。

「夢想啊……」

少女感慨萬千地說出這個字眼。

「我的情形是崇拜BOT的星葛真夜，才開始作當偶像明星的夢……」

這件事我也知道。就是以前宇野和母親吵架，離家出走時的事情。

「感覺可能就像是真夜＝夢想吧。」

「這樣啊。」

「對不起，這樣沒有參考價值吧。嗯～～平野同學你喜歡過什麼事情嗎？看到簽名板，大家普遍都是『喜歡＝夢想』對吧。」

喜歡＝夢想。這我懂。飯田是足球，鈴木是棒球，冰川是Cosplay……大家都單純喜歡這些事情。宇野寫偶像明星也一樣，既單純，同時也是夢想的王道。

「我沒什麼特別喜歡的事情，所以才傷腦筋。」

「例如太空人呢？」

「咦？」

「平野同學你不是和那個天野河同學很熟嗎？我想說既然這樣，這方面的出路也可以考慮。」

「妳是認真的嗎？」我說話口氣不由自主地變得粗魯，讓宇野睜圓了眼睛。

——糟糕。

「啊，抱歉，我這麼大聲。」我現在為什麼會不高興呢？宇野沒有惡意，這我明明再清楚不過。「太空人？妳也知道，這不實際吧？」

「實際？」

宇野歪了歪頭。

「妳想想，大家不都說太空人是『全世界最難的職業』嗎？」那是我以前也說過的老調重彈的理由。「用全世界人口來除，截至目前為止，每一千萬人裡面，只有一個人上過太空。」

「可是，我們是高中生，沒必要現在就放棄吧？」

「辦不到。能力上就辦不到。」

「為什麼？」

「太空人是一群能力高得亂七八糟的人的集合體啊。例如JAXA上過太空的太空人當中，東大學歷就占了多數，其他也都是慶應之類很難考的大學耶。」

「可是，這只要努力準備考試不就好了？而且平野同學你的成績在班上一直都排在前面。」

的確，我在班上維持著還不錯的成績。不只是「第一輪」，在這「第二輪」也一樣，從Space Write以來，雖然我說不上有多熱衷讀書，但應考最低限度要做的功課還是有做。因為我母親不是那麼嚴格，不過萬一成績下滑，導致母親限制我去見星乃的時間，這種情形是我說什麼也絕對要避免的。

「平野同學好像也沒有什麼科目特別不拿手，而且有些科目還超過九十分吧。只要肯努力，我想還會更高的。」

「這話由學年頂尖的妳來講，我也……」如果是宇野，或許辦得到吧。她在「第一輪」也的確考上了難考的國立大學，但我不一樣。

「而且不是只要學歷，去應徵太空人的那些人職業經歷也很厲害啊。有的是醫生，有的是飛行員，又或者是這方面的專家……一大群這樣的菁英去應徵，贏得那幾百分之一的機會。怎麼想都覺得我沒有勝算。」

我不斷搖手，結果──

「平野同學～～你聽好了。」宇野的聲調變了。「不要放棄，不要丟掉──記得你好像對我說過這樣的話吧？」

她把眼鏡用力往上一推，鏡框亮出光芒。

「呃，我是說過沒錯啦……」

「那麼大力慫恿我追求『夢想』，輪到自己就說『辦不到～～！』是怎麼回事？」

宇野探出上半身，一臉不悅的表情。

咦？Universe她該不會是生氣了？

「平野同學，你從剛剛就開口閉口都是辦不到、不行，那你到底要當什麼？」

「呃，這我還……」

「那你喜歡什麼？」

「呃，那個……天體觀測，之類的？」

「那你要不要把目標放在成為天體觀測的職業人士？」

「天體觀測的職業人士是怎樣的職業啊？」

「我才想問呢。」

啊，她果然在生氣。那麼溫和的Universe在生氣。

不妙啊……我急了。真沒想到那麼溫和可親的班長會生氣。

「呃，那個，我不是這個意思……」我拚命自圓其說。「那個時候我會那樣說，是因為……Universe妳有才能，可是我沒有……」

「這種事情不做做看，又有誰知道呢？你都不去做，為什麼可以斷定自己沒有才能呢？」

「這個，呃……根據以往的經驗。」

「經驗？具體來說呢？」她的眉毛揚得更高了。

「呃，那個，說來話長……」我一句話愈說愈小聲。宇野雙手扠腰，噘起嘴瞪著我。感覺好像自己是個挨母親罵的小學生。

「所以你是自己沒有夢想，卻那麼大力慫恿別人去追夢？」

「呃，那個……這個，那個……」最後我撇開視線道歉。「對不起，我上次說了大話……」

連我自己都覺得遜斃了，但宇野說得實在太有道理，我沒有反駁的餘地。

我正低頭道歉——

「……噗！」少女忍俊不禁。「呵！呵呵，啊哈哈哈！抱歉抱歉！別那麼害怕！」

「咦？」

「我第一次看到平野同學那麼沒自信的樣子！原來你也會有這種表情啊。」

咦、咦？我跟不上狀況，變得舉止怪異。不知不覺間手掌已經被冷汗弄得黏黏的。

「抱歉，我沒有生氣。不，生氣是有一點啦……我想了解平野同學才會忍不住，你懂吧。」

宇野將右手舉到臉前面，做出抱歉的手勢。

「平野同學果然跟我很像。」

「很像？」

「嗯～～該怎麼說才好呢……用一句來說，大概就是理論派吧。」

「理論派……」

「什麼事情都是先預設結果，會忍不住去預想。可是這樣的情形太過火，花太多心思考慮風險，導致無法行動這樣的類型。」

她說中了。

——平野啊，就是太邏輯了。

我想起伊萬里的話，並且聽宇野說下去。

「我也一樣，所以懂。起初我也覺得要當偶像明星是『絕對辦不到！』。」

「……的確有過這種時候啊。」我感慨萬千，想起少女因為受到母親束縛而淪為「精神奴隸」的那段過往。

「這不是過去式啊，平野同學。坦白說，我現在也覺得辦不到。」

——咦？

這個答案讓我很意外。這個朝著夢想，每天活得神采奕奕，歌頌人生的少女，突然說出這種悲觀的話，讓我覺得不解。

「因為啊——」宇野用比較隨性的口氣說話。她微微仰頭看教室的天花板。「坦白說，難道平野同學你都不會覺得：『辦不到吧！』像我這樣的女生想當偶像明星，要出道，要獲得人氣……這才真的是痴人說夢。」

「不會啦……」

我嘴上這麼說，但腦袋裡已經開始思考。痴人說夢。這是無法否定的事實。不是宇野如何，而是偶像明星這條路本身就是如此。

「可是妳參加選秀會，不就進到了最終審查階段嗎？」

「那只是運氣好。而且我在最終審查也是最後一名。」

「就算這樣也很厲害啦，不就只差一步了嗎？」

「就算從幾千分之一的機會脫穎而出，得以出道，也幾乎沒有什麼精彩的表現，不知不覺間退出這一行。即使受歡迎，五年後、十年後還能生存下來的只有一小撮人。到那時世人還能把你的臉跟名字對到一起，這種程度已經是奇蹟……不是嗎？」

我點點頭。這不是什麼特別悲觀的看法，而是鐵打不動的事實。

「平野同學，你相信這句話嗎──『只要不放棄，夢想就一定會實現』。」

「不相信。」

「我也是──你看，我們很像吧？」宇野始終說得很開朗。說的話明明很悲觀，表情卻很開朗，這讓我覺得不可思議。

「那麼，為什麼妳都知道這麼多了，還要繼續以當偶像明星為目標？明明連自己都覺得辦不到。」

「辦不到不構成放棄的理由啊。」

「咦？」

辦不到——卻不放棄？

「啊，當然，我不認為可能性是零喔。就算比針尖還細，我仍然相信這條路確實是走得通的。但是，該怎麼說，這已經是一種願望了吧，是出於希望的評估。然而只要有這希望——只要自己還能夠相信自己，我就打算繼續下去。哪怕辦不到，也要走到走不下去為止，走到挫敗的那一步為止——我是這麼決定的。」

眼鏡底下的眼眸有著堅定的意志。這就是宇野的堅強，是只有親手保住了本來就要丟掉的寶貴事物的那些人才會有的堅強。

「不要放棄——那天平野同學送給我的話，一直留在這裡。」少女雙手用力按住自己的胸口。「從那天起，『放棄』這個選擇就從我心中消失了。」

——從我開始朝夢想前進以來，指令就不一樣了。「逃跑」消失了。

涼介也說過，「逃跑」指令消失了。

我一說出這件事，宇野就說著：「這樣啊，山科同學也……」想通似的連連點頭。

「就是說啊。『夢想這種東西，一旦決定了，世界就會突然變得不一樣』。」

「世界……會變得不一樣？」

「就算是一些照常理推想絕對辦不到的事，一旦變成了『夢想』，世界就會變不一樣。該說是視野突然開闊了，還是只看得見通往夢想的唯一道路，不管這條路上有多麼高的牆壁，那都是『應該要去克服的障礙』，不會變成『該回頭的牆壁』。換作是平常，會覺得『感覺沒希望，所以放棄吧』的地方，也會變成『只要努力還有動動腦筋，可能就有辦法解決』。」

「就像背水一戰那樣？」

「啊～～你說的這個可能滿接近的，又或者是火災現場的蠻力？」宇野始終說得很開心。「連我自己也是每天都被自己嚇到，原來我有這麼強大的能量，覺得現在的我不管遇到什麼事都能克服。就算一開始不行，也會想嘗試到行得通為止。就算不順利，也會覺得應該有可以順利進行的方法，能夠一直找下去，什麼事都能正向思考。」

我被震懾住。現在宇野談論夢想時，眼裡的光輝、手的擺動、往前衝的能量，我整個人都被這些震懾住。一種看不見的氣場讓少女發光發熱，甚至令人覺得耀眼。

「『感覺就像自己成了主角』。」

少女說話的聲音很雀躍。

「無論如何都要實現，都要辦到——我本來以為這種堅定的意志只有電視劇或遊戲裡的主角才會有。我家裡一直管很嚴，所以小時候雖然很嚮往這種事，但一直覺得那是跟我不同的另一個世界裡發生的事。然而，我錯了。」她熱烈地說個不停。「我一直以為夢想就是窩進棉被裡，作著一些跟現實不同的夢。我常作在天空飛翔的夢，一次又一次作在舞台上唱歌的夢。可是這種夢，到了早上醒來就消失了。」

少女的手像翅膀似的張開。

「小時候，我只有在夢裡是自由的，可是現在我滿心雀躍。最近，我已經不再像以前那樣作夢。相對地，我早上醒來，胸中就會滿懷期待。每天都那麼雀躍，每天的一切都那麼新鮮，那麼充實，期待與不安讓我的胸口都要脹破了。」

我已經什麼話都說不出來了。宇野這個作夢的少女，已經沒有任何人可以阻攔。

「『熱衷於一件事，就和身在夢中一樣』。」

「夢中……」

接著世界映在少女閃亮的眼神中——

「自從平野同學你叫我『不要放棄』的那一天起——」

這句話說得彷彿出自歌姬之口。

「『我就一直身在夢中』。」

○

陽光照得少女的頭髮閃閃發光。

少女的瀏海反射出天使之環，然後靜靜地改變輪廓，消融在空氣中。

「Universe好棒啊。」這是我率直的感想。

然而——

「這些啊——」宇野吐了吐舌頭。「大概有一半都是跟盛田同學現學現賣的。」

「咦？伊萬里？」

「我決定趁盛田同學還在日本時，要問她很多想問的事情。剛才我說得很囂張，但其實滿滿都是不安的念頭。所以，我就找盛田同學商量了各種事情，像是追夢會不會不安，或是要怎樣才能變得像她那樣堅強。」

「伊萬里怎麼說？」

「她笑著說自己沒有自信，也不堅強。」

「這樣啊……」非常符合伊萬里的作風。

「可是，我覺得能像這樣一笑置之就是她堅強的地方。關於夢想也一樣，她有著堅定的自我，絕不動搖。跟她說話就會愈來愈覺得她是人生的前輩。」

「我懂。」二十五歲的我這麼說也不太對，但伊萬里實在厲害。從人生怎麼活這樣的角度來看，我覺得她遠遠走在我前面。

「所以啊，跟平野同學說著說著……我就想模仿一下盛田同學。」

「啊啊，難怪……我就覺得妳剛才說話的口氣有點像伊萬里。」

「嘻嘻嘻。」宇野靦腆地笑了。「因為我也沒有理解到可以說得自信滿滿，所以就覺得對於平野同學問的問題，盛田同學的答案才是最好的。」

「原來如此啊……」我發現自己有點鬆一口氣。剛才宇野的話強而有力，讓我覺得彷彿連她都去到了很遙遠的地方。不，宇野已經在朝著夢想前進，應該確實走在遠比我更前面的地方了吧。可是，鼓勵宇野追夢的我還希望她再等一陣子，不要那麼快長大成熟——希望她不要丟下我。說這話實在很小家子氣，但這就是我最真實的內心話。

「——你跟盛田同學之間發生了什麼事嗎？」

我心臟猛然一跳。

「妳說，發生什麼事……？」

「啊，嗯……」宇野忸忸怩怩地回答：「之前，我跑去屋頂想練習……結果看到盛田同學，還有你，然後……」

就不小心聽見她在表白——宇野小聲這麼說。

「這樣啊，被妳聽見啦……」

「對不起喔，我本來沒打算偷聽的。」

「不，妳不需要道歉。」這一說我才想起，放學後宇野的確常在屋頂練習跳舞，反而是我和伊萬里太疏忽了。

「……你要怎麼回答？」

少女窺探我的神色問起。

「這——」我答不出來。答案明明早已確定，但要實際說出來就一個字也無法選擇。我是在怕什麼？跟伊萬里的距離感？朋友關係？

「這是多管閒事，而且我也沒有立場干涉啦……」宇野彷彿感同身受，有點用力地抓住大腿上的裙子。「可是我覺得，最好早點給她答覆。」

「果然是這樣啊。」

「啊，這只是我的意見啦。」

「謝謝妳，我會參考的。」

「不會……」宇野始終說得五味雜陳。「與其說擔心，不如說大概是為了自己吧……看著你們，就是完全沒辦法覺得不關自己的事……」

她的表情像是在鑽牛角尖，視線低垂，讓我忽然想問一個問題。

「宇野，妳有喜歡的對象嗎？」

「……咦？」宇野睜圓了眼睛，然後難為情地撇開視線。「嗯……」

「是喔？」意料之外的答案讓我嚇了一跳。不，說意外大概很失禮吧。我對她總是會先想到正經八百的模範生印象，但其實只是我自己這樣想嗎？

「對方是怎樣的人？」

「…………」宇野不說話，然後噘起嘴說：「我又沒必要跟你說。」

「這麼說也是啦。」

「……你真是的。」

——？

宇野小聲嘀咕，但我聽不出她在說什麼。

這時，少女肩膀使勁，用力握緊了放在膝上的雙手。

「這個人啊……該怎麼說呢。」

少女難為情地縮起雙肩開始述說。

「是我的恩人。多虧這個人，我才有現在，才能像這樣活著，他對我的恩情就是這麼重。」

「啊～～就是所謂的救命恩人？」

「命……」宇野按住自己的胸口。「嗯，我覺得是。他是我的救命恩人，又或者是人生的恩人。」

少女以充滿感情的聲音複誦「這個人」這幾個字。

「可是啊……正因為這樣，我才更明白。明白這個人眼裡沒有我，也明白我絕對配不上這個人。」

「不對，等一下喔。」我插嘴了。「這種事情不試著表白看看怎麼會知道？何必這麼快就認定——」

「……你不要說話，聽我說。」

「啊，是。」被她斬釘截鐵地一指，我不由得閉上嘴。

「我也煩惱過是不是該表白比較好。可是啊，我還是辦不到。如果這個人會開始避著我，我說不定會一蹶不振。我好不容易才開始人生，不希望又倒退回過去那樣，所以我不要表白。」

宇野說的話很抽象。我沒說話，只看著少女雪白的臉孔。窗外傳來「打進國立體育場！」的足球隊喊聲，與棒球隊的擊球聲疊合。

「所以啊，我決定了，要『遠遠看著』。」

「遠遠……看著？」

「我只要看著就好。呃～～我想想，該怎麼說你才好懂呢……記得你喜歡天體觀測對吧？你想想，抬頭看天空的時候，不是會拿『星星』當標記嗎？」

「像是北極星，或是冬季大三角之類的？」

「沒錯沒錯……這個人對我來說，就是一顆像北極星那樣的『星星』。是我走在自己的人生路上，永遠都在我心中閃耀的星星。從這個人身上得到的心意還有話語，會一直在我心中、在我頭上閃耀。所以我只要遠遠地看著這顆星星就好。」

宇野說的話還是很含糊，我聽不懂具體內容。只是對她而言，那是一種嚮往，或說遙不可及的憧憬，這點我從少女的語氣感受到了。

「妳說遠遠看著……怎麼好像是藝人或明星啊。」
我把腦子裡湧現的印象說出來，結果——
「啊……」宇野睜大眼睛。「你說得對。嗯，就是這樣。」接著認同地點頭。
「對我來說，這個人——」
少女眼眸映著我的身影，有些感傷地微微一笑。
「大概就是遙不可及的明星（Star）吧。」

【recollection】

那天的事，現在回想起來已經非常模糊，是一段就像被霧靄圍繞的回憶。
「我們要暫時和銀河莊道別了啊。」
星乃抬頭看著自己生活的公寓，說得有些落寞。
「馬上就回得來的。」
「今年已經不會回來了耶。」
「我知道。」
我這麼回答。「啊，是喔。」星乃就有點掃興地回話。

「大地同學，少了我都不會覺得寂寞啊～～」
「沒有人這麼說吧。」
「我聽得見你的心聲。」
「妳超能力者嗎？」我開著玩笑，微微一笑，但星乃的表情還是馬上就轉為憂鬱。
我們兩人抬頭看著天空一會兒。最後一晚，星星非常漂亮，一想到她馬上就要出發去到星空的另一頭，就有種無法言喻的感慨。同時，想到會暫時見不到面，以及接下來我再也沒辦法跟上她的這些念頭，也在我內心深處隱隱作痛。
「──大地同學……」她仰望著星空，靜靜地說著：「小時候有夢想嗎？」
「夢想……」這句話讓我有點被突襲的感覺。「沒有。」我簡短地回答，星乃就回我：「這樣啊。」她帶著點老神在在的態度，是已經實現夢想的人才有的自信嗎──忍不住會這樣想的自己讓我覺得有點卑微，我還是不喜歡這個話題。
「我啊，小時候一直以為自己會變得像爸爸和媽媽那樣。」
──要怎樣才能變成像彌彥先生這樣的太空人呢？
胸口又感到疼痛。
「所以，那個……這只是我隱隱約約的印象。」星乃突然有點客氣，微微低著頭說：「我一直有種上太空是兩人一組，這樣的印象。如果，我是說如果喔，如果大地同學變成像爸爸那樣的太空人，我們兩個──」

「別說了。」我打斷她，現在不想聽這種話。「這種虛構的假設，事到如今再說又有什麼用。」

「可是啊，大地同學。」

「我跟妳不一樣，所以別提這件事了。」

「啊……」星乃還想說些什麼，然而又「……嗯」的一聲把要說的話吞回去，結束了話題。最後她小聲說了一句：「大地同學你總是動不動就這樣逃避呢……」但我假裝沒聽見。

連我自己都知道我說話口氣不由自主變得冷漠。可是，這件事對我而言就只是苦澀的回憶，也是我尤其不想和星乃談的事情。

不想和實現了夢想的星乃談。

我想改變這像是要吵起來的氣氛，換了話題。

「在太空，妳一定會想念日本菜。」

「最近的太空餐有進步。」

「可是，和在地上吃還是不一樣吧……等妳回來，我會帶妳去吃好吃的東西。」

「炸蝦便當？」

「妳真的很喜歡炸蝦耶。」這一天，我聊著這些無關緊要的話題，一邊和星乃惜別。說是別離，但地上和ＩＳＳ之間可以通訊，而且只要過個一年就又見得到面了——

我這樣慰藉自己的心情。

再見啦，大地同學——這句平凡無其的話，我本以為是她出發前的最後一句話。

然而，星乃沒回來。

9

就像一種叫作瞌睡的泡泡從深邃的意識底層浮上來。

睜開眼睛一看，看到的是自己那熟悉的房間。

我在作夢。夢見星乃當上太空人，確定要進行首次飛行任務的那陣子。她還能待在日本的最後一天，我和她談話，然後道別。殊不知那就是我最後一次見到星乃。

我已經很久沒夢到那一天了。星乃在大流星雨中殞命的場面，我一次又一次地夢見，但更之前的出發那一天卻像是遙遠的遠方所發生的事情，沉在記憶深處。

為什麼到了現在，我卻會作這種夢？

「小大～～早餐要吃嗎～～？要遲到了喔～～」

樓下傳來母親悠哉的喊聲，像是要改變這種氣氛。

我做了個小小的深呼吸。

夢就只是夢，想也不是辦法。更重要的是，今天是我要陪星乃去游泳池的日子，所以早點出門吧。我這麼想著下樓的時候。

破滅的瞬間毫無預兆地來了。

『——給我！』還想說是不是聽錯了，但這個聲音就像漸漸變大的昆蟲振翅聲——

『還給我！』

——咦？

這是開端。就像水從潰堤的堤防溢出——

『還給我還給我還給我還給我還給我還給我還給我——！』

我聽見這就像大音量的立體聲音響在耳邊響起似的「聲音」，不由得摀住耳朵。緊接著，手腳撐直了般僵住——

「嗚啊啊——！」我下樓梯到一半，失去平衡摔落。

接著我失去了意識。

這就是惡夢的開始。

第四章　名為自己的牢籠

1

最先感受到的是身體的沉重。

怪……了……？

意識明明清醒，身體卻沒動，就像被鬼壓床。

「——小——大——你——嗎？」

聽得見有人在說話。雖然聽不清楚，但知道眼前的人是母親。她的表情很擔心。然而，感覺就像是遙遠的地方發生的事情。

這種奇妙的距離感是怎麼回事呢？

過了一會兒，視野轉動了。是床被抬起來了？還是有人扶起我？我的上半身突然拉起，本來只看得見天花板的視野產生了變化。這裡是……對喔——看得到床和點滴，讓我知道這裡似乎是一家醫院。

——我想起來了。

我從自己家樓梯摔下來，然後失去了意識。如此推想，多半是被送到醫院——也就是說，手腳不會動是摔下樓的後遺症？

「小大，你真的還好嗎～～？你一整天都沒醒，媽媽真的很擔心啊～～」

「抱歉，媽。」

——咦？

口中說出的話讓我覺得不對勁，感覺就像嘴脣自己在動。周圍的視野就像隔著相機觀景窗看東西。決定性的不對勁，就是身體不照自己的意思動。眼球就像自己在轉動，明明沒有意圖這麼做，卻知道「視野」在左右轉動。一種腦袋和身體被分開的感覺。如果要舉例，就好像明明搭乘了「平野大地」這架機器人，坐在操縱席的我指令卻送不出去。該說感覺就像被關在駕駛艙裡的飛行員嗎？

「身體自己在動」。

過了一會兒，我的「身體」在床邊坐起，穿上了拖鞋。左手拿起點滴，慢慢開始移動。

——這、這是打算去哪裡？

明明是自己的身體，感覺卻像有個不是自己的人在控制。我就在這樣的狀態下，看著視野中的醫院走廊。視野往左彎，看見廁所的標示後開了門。

接著洗手台的「鏡子」照出了我的身影。說來理所當然，鏡子裡的「臉」無疑是平野大地的臉。睡得捲翹的頭髮，一臉疲憊，但無疑是我的臉。可是，身體還是完全不照我的意思動。

就在這個時候。

「看得見嗎？」嘴巴自言自語似的動了。「『聽得見嗎？我裡面的我』。」

——！

鏡子裡，「我」正看過來。在旁人眼裡，這狀況是對著鏡子自言自語，但我明白。

——「是『第一輪』的我」。

「先前你擅自用我的身體大肆胡搞瞎搞啊。可是，這些也只到今天就結束了。這樣一來，立場總算對調了。」

第一輪的我對第二輪的我——對被關住而無法動彈的我說話。

這句話就像勝利宣言。

「『我搶回來啦』。」

2

於是惡夢開始了。

出院後回到家的「我」早上起床、洗臉、換衣服、吃麵包、刷牙、出門。一連串例行作業進行得理所當然，但全都不是由自己的意思，而是由「第一輪」的平野大地執行。我只能從「他」的意識深處隔得遠遠的，模模糊糊地看著這一切。就算想做些什麼，也連一根手指都動不了。

在學校也是一樣。早上和班上同學打招呼，和涼介閒聊，然後上課。一切進行起來都和我的意志無關。

就這樣，「第一天」結束，「他」也不去銀河莊，直接回家，然後上網逛了一會兒後吃晚餐，隨後就寢。當眼瞼閉上，我的視野也跟著閉鎖，而當「他」睡著，我的意識也跟著遠去。

第二天、第三天也都反覆一樣的事情。我什麼事都做不到，只能用一種像是看著鑲嵌進自己眼球的電視節目那樣的感覺度過一整天。有時候，涼介、伊萬里和宇野這些熟人的面孔映入眼簾時，會讓我有種想喊出來的感覺，但別說聲音了，我連眼睛都無法眨一下。

這三天，我也弄清楚了一些事情。

首先就是第一輪的「他」——曾幾何時，我開始為了和自己區別，以「他」來稱呼——這個「他」非常圓滑。儘管有長達半年以上的「空窗期」，但無論上課、校園生活還是與家人的互動，都處理得很周到。就只有這種逢場作戲的能力比別人加倍高竿，也正因如此，旁人很難發現「我」身上發生的異變。何況要說人內面的人格有一天突然被調換，這樣的情形超乎常人想像的範圍。

相對地，和「他」一起過日子也讓我看出「他」對於現在自己所處的狀況，其實不太能正確理解。他一從學校回家就打開電腦，沉溺於網路搜尋，但他搜尋的關鍵字是「多重人格」、「另一個自己」、「解離性身分疾患」、「自己不是自己的感覺」、「被駭入的感覺」、「身心科」、「諮商」、「鬼上身」、「靈媒」、「全球被附身案例」等等，可以看出他對於自己身上發生的情形，或者說是症狀，大惑不解。我在鏡子裡聽到『我搶回來啦』這句話時，以為他大致上理解「第一輪」與「第二輪」等等的情形，但他的認知並未達到這個地步，那句話指的是從「霸占自己身體的事物」——姑且不論那是多重人格、自己內在的妄想，還是某種怪力亂神的事物上身——從這種「他人」手中，搶回了自己的身體。不知道「他」究竟是否察覺到，「我」現在正像這樣透過他的眼睛認知外界。不管怎麼說，我一根手指都動不了，也沒有和他溝通的手段，所以我無從查證。只是，從他反覆搜尋「多重人格」、「另一個自己」這點，讓我看出他似乎是將「我」認知為「另一個自己」。相反地，「穿越時空」與「Space Write」他就一次也不曾搜尋過。

起初我覺得很奇妙。從我Space Write過來已經過了半年以上。如果「他」對這半年來的來龍去脈——尤其是和星乃一起過的日子——都「體驗」到了，那麼當然應該會發現Space Write的事。然而，這些事情並未進入他關心的範圍，說他欠缺了這半年的記憶反而比較接近。

他為什麼會沒有這段期間的記憶呢？理由我很快就知道了。「這個狀態」進行到第三天、第四天、第五天，我無從選擇地面臨到了原因。

那就是疲勞。

用耗弱、衰弱這樣的說法也行。雖然不清楚理由，總之現在的狀態會嚴重消耗我的體力——我沒辦法讓身體活動，所以也許該說是精神力吧——耗用這樣的能量。這是「兩顆心」在「一個身體」同居所造成的疲勞？又或者是資源沒分配到我這個「副手」

的關係呢？不管是哪一種，我明明並未活動身體，就只是醒著，意識卻愈來愈朦朧，會在不知不覺間失去意識。這種情形的嚴重程度與日俱增，最近我連星期幾跟幾點的感覺都變得模糊不清，慢慢從一天中會有幾次失去意識的狀態進入一天中只會恢復意識幾次的狀態。感覺自己就像牢房裡因為食物不夠而漸漸衰弱的囚犯，就這麼一天天過下去。

簡直就像一場「夢」。一種像是被沉入很深很深的海，但有時又會只把臉探到海面上呼吸的夢。這樣還要掌握海面上的世界，實在是強人所難。連自己醒著還是睡著的界線都變得模糊，過著自己的輪廓日漸消融在意識深海中的日子。

——不妙，不行。照這樣下去……

我好想見星乃。不知道她現在在做什麼。我好幾天都沒去，她會不會覺得不安？會不會為我不守「平野大地券」的約定而生氣——

時間過去了。

我不知道是一週，還是十天，有那麼一瞬間，我看見了些許的光明。

這天，正巧是我的意識儘管朦朧但仍「清醒著」的時候。

「——平野大地。」

忽然間被人叫住，「他」轉過身去。

啊……站在那兒的，是有著漆黑頭髮與深邃眼眸的少女。

「黑洞……？」

「我有事情要跟你說。」

「咦……？」突然被黑井找去說話，讓「他」一頭霧水。他多半不知道，黑井和我在這半年來變得很熟吧。「事情……？妳找我有事？」感覺得出他歪過頭。

「沒錯。方便嗎？」

「……不好意思，今天不太方便。而且我身體不舒服。」

「他」以嫌麻煩的口氣委婉地拒絕。

我很明白。這種時候，會編造不容易被拆穿的藉口來躲過眼前的麻煩事，這就是平野大地這個人的本性。

黑井……！我在內心呼喊。救救我，黑井！他不是「我」！「我」在這裡！救救我，黑井……！

我拚命懇求，但豈止並未喊出來，甚至不構成半點聲音。只是，這個時候，有那麼一點點——也許只是錯覺，但我覺得眨眼的次數似乎多了那麼一點點。

——！我能動嗎！

眼瞼有那麼一點點動了。然而，卻是我陷入現在的狀態後第一次的「動作」。

黑井……！我拚命動著眼瞼。視野宛如按快門，又開又閉。黑井的身影就像被打閃光燈般閃爍。看在旁人眼裡，會覺得這樣像是在連連眨眼送秋波，還是覺得這男的眼瞼痙攣？

「怎麼了，平野大地？你臉在抽搐——」

「我沒事。」他轉過身，然後按住臉。「那我走了。」

黑井……！我的呼喊也徒勞無功，「他」快步離開。途中一度回頭，看見黑井還站在那兒，但沒過多久，她轉過身去，消失在走廊的轉角。

黑井……這就像是好不容易看見影子的救援船並未發現我，已經漸漸開遠，讓我陷入絕望之中。

3

又過了更多時間。

這段期間，我就像被留在汪洋孤島的漂流船，看著外界。

意識仍然朦朧，每天就只是空虛地過去，伊萬里出發的日子一刻刻接近。照這樣下去會很不妙，這件事我再清楚不過，但現在的我無能為力，無論夢想還是簽名板，都維持空白。

沒有人發現這異狀。不管是涼介、伊萬里，還是宇野，連黑井也一樣。

這讓我重新體認到現在的狀況是多麼棘手——多麼可怕。

「誰也沒察覺」。

如果是失去意識而住院，又或者是失蹤至今下落不明之類的狀態，就會有人發現異狀。然而，「平野大地」每天去高中上學，和朋友談笑，和家人的溝通也沒有問題。這種情形下，能察覺有問題反而奇怪。

照這樣下去，會變成什麼情形呢？我會像波浪間浮沉的泡泡一樣擴散、淡去，最後消融在意識之海當中嗎？還是會被關在這個名為自己的牢籠活到天年，過著像是無期徒刑的日子呢？星乃會怎樣？我弄成這樣，要從大流星雨中拯救星乃，實在——仍舊沒能找到打破困境的方法，就這樣開始了今天這一天——當囚犯的一天。

而最大的威脅面帶笑容接近了。

「平野學長，你好。」

在教室前的走廊轉身一看，站在那兒的是犂紫苑——另一個名字叫蓋尼米德。

不可思議的是最近完全沒見到紫苑。我會覺得這是萬幸，但終究不可能一直這樣。

儘管覺得她來得真不是時候，但現在的我也無能為力。

「好一陣子不見了，學長最近可還安好？」
「呃……妳是？」
第一輪的他狐疑地反問。紫色的光澤在少女一頭長髮上溜過，她做出自我介紹。
「學長你真是的。是我啊，是我，犂紫苑。」
「……？」
「呵呵，就是說啊。我和『現在的平野學長』是『初次見面』吧。」
——！
紫苑的話讓我嚇一跳。
她……知道情形？
「該不會……」這時「他」問了。「妳認識『另一個我』？」
「這個嘛，學長在說什麼呢？」
「告訴我。最近我……不對，不是最近，這半年來，我一直被捲入異常的現象……呃，犂……同學，對我知道些什麼嗎？」
——不要，不要這樣。
我滿心想用力搔自己的腦袋。只有她，萬萬不要依賴她——
「呵呵，學長在急什麼呢？」紫苑面帶微笑。「要說認識也是認識，要說不認識，可能也不算認識。」她做出更加含糊的回答。

「對了，平野學長寫了嗎？那個簽名板。」

「簽名板？」

「就是學長班上決定要寫的那個簽名板啊——將來的夢想。」

結果「他」說：「啊，妳該不會……」說著瞥向教室。

「簽名板是指一直放在我書包裡的那個？那個的話，我已經還給Univer……還給班長了。」

「學長寫了什麼？」

「咦……？什麼都沒寫啊。」

「哎呀呀。」紫苑伸手掩嘴，用格外有氣質的舉止微微一笑。「『什麼都沒寫』。我可以當作這就是學長的回答嗎？」

「？算是吧，我又沒有什麼夢想。」第一輪的平野大地回答得理所當然。「而且『夢想』這種東西，基本上都不會實現啊。拚命努力老半天，最後失敗。」

接著他若無其事地說出口。

「『夢想這種東西，CP值爛透了啊』。」

「哦～～」紫苑微微改變聲調笑了。她迅速瞇起本來顯得開心的眼睛，變得像野獸一樣犀利。

「看來答案也已經出來了，差不多就結束吧。可是，離期限還有些日子，我就再等一陣子好了。」

「期限？」

「不，我不是在跟你說話，是在對你眼睛裡的『之前的平野學長』說話。」

她說到這裡，手伸過來，輕輕碰到他的臉頰。

這一瞬間。

「嗚，啊……！」

被碰到的部位竄過一種酥麻的感覺，接著「他」的動作停住了。「……！」就算想說話，嘴也動不了，「他」就像身體被灌了鉛一樣僵住。

我知道這種感覺。這是眼前的少女所擁有的和伊緒同類的力量。

她打算做什麼……

我本來就不能動，現在連「他」的動作都被封住，只能眼睜睜看著眼前的威脅。

她看著被定住的我，就像看著可悲的罪犯又或者是不抵抗的小動物，微微一笑。她由下往上，彷彿湊向門上的小窗去看東西，仰頭看著我的眼睛說道：

「平野大地『裡面的人』，聽得見我說話嗎？」

她的嘴說出了這句聽在旁人耳裡多半會覺得很奇怪的台詞。

「你似乎還沒發現，我就明白告訴你喔，平野學長——」

接著她帶著野獸般的眼神，說出了駭人的「真相」。

「『這就是「選秀會」啊』。」

——咦？

「我就為什麼都不知道的平野學長說明一下吧。」

她微微攤開雙手，就像忠於任務的禮賓人員，開始述說。

「從天野河星乃發明Space Writer以來，世界就變了樣。從過去流向未來的因果律遭到推翻，這個世界的座標進入了全新的次元。世界隨時受到無數時空穿越者塗改、改變、更新。這無秩序的混沌世界就像失去了協調者的劇本會議，每個人都硬把自己要的劇情線塞進來。我們『情人們』各以自己的方法論，試圖為這個世界找回秩序，但平野學長你卻優哉游哉地跑來，還帶上了天野河星乃這個強力無比的演員。」

紫苑所說的話太抽象，我無法理解。但從黑井那兒聽來的「情人們」這個字眼，套在眼前這個有著妖豔氣息的少女身上就顯得十分貼切。

「本來呢，有才能的演員我們當然不嫌多，尤其是平野學長，像你這樣待在離天野河星乃最近的地方，還能回溯到西元二〇一七年七月二十五日的時空穿越者，更是極為貴重。可是啊——」

紫苑滔滔不絕地說下去。我只能任由這單方面的言語洪水往自己身上灌。

「無論演員再有魅力，如果是個不肯照我們的劇本活動的人，那就令人傷腦筋。沒錯，像現在的你這樣演技表現不穩定的演員，要登上由我主宰的舞台還差得遠了。」

接著她一把抬起我的下巴。

「哎呀，看你一臉沒聽懂的表情呢。既然這樣，我換個說法你會不會懂呢？平野學長，你開始了『第二輪的人生』，但是不順利。這是為什麼？理由很簡單，因為你沒能超越『第一輪的自己』——也就是『過去的自己』。伽神春貴之所以會失敗，追根究柢來說，原因就是出在這裡。無論讓人生重來多少次，超越不了過去自己的人最後都會失敗。不會長進的演員，無論多麼有才能，都會遇到瓶頸，所以我才會用這個選秀會來估量你的長進。」

過去的自己；超越；長進。這些字眼深深刺進我心中。

「現在的平野學長，坦白說派不上用場。可是，如果有『成長空間』，倒還可以再觀望一會兒。若用伊緒常說的比喻，就是如果你還想繼續當天野河星乃隊上的隊員，就讓我看看你還能怎麼升級。這對我來說，也將成為驗證你作為『棋子』是否有『利用價值』的試金石……呵呵，對不起喔，這麼拐彎抹角。可是啊，平野學長，『提示』我應該早就給過你了，而且還是出血大優待了呢。」

——提示只到這裡。這樣已經算是出血大優待了喔。

紫苑以前說過的話在腦海中掠過。記得她當時是這麼說的。

——人類缺乏夢想。

「有了提示，也有可以商量的朋友。懷抱『夢想』寫到『簽名板』上。我三番兩次給你提示，但你就是不願意去面對。這就是現在的結果。你要擺脫現在這種不穩定的狀態，就必須面對『夢想』，用這股能量去超越『過去的自己』。這就是為了這個目的而辦的——」

話題再度歸結到這個點上。

「選秀會。」

她說到這裡，變戲法似的手掌上出現一支智慧型手機。手機就像閃光燈般閃爍。

啊！這時我發現了。

——不會有事的～請你不要動喔～

當時——紫苑襲擊我的那天，右眼被她用神祕的「閃光」照過——

「那就是原因嗎？造成這場不是視網膜剝離，而是人格剝離事件的原因」。

「呵呵呵，是啊，全都是我做的。現在的所有狀況，都照我這個因果支配者的意思進行。」

天啊……我驚愕不已。萬萬沒想到一切竟然都逃不出蓋尼米德的手掌心。

「至於期限呢，我想想，難得辦了，就定在埋『夢想』的那一天——也就是埋時光膠囊的那天吧。如果不想就這麼消失——」

紫苑開心地宣告：

「敬請學長在選秀會中存活下來喔。」

4

接著事態更往超乎我想像的方向發展。

隔天的放學後。

「不好意思，讓妳久等了。」

打開屋頂的門一看，金髮少女已經來到這裡。「啊，嗯、嗯，沒有，我也才剛來。」她一看到「他」的身影，就做出這種像是約會時會說的回答。她在屋頂的欄杆旁，忸忸怩怩地摸著扶手。

「所以，找我有什麼事？」

今天我被伊萬里叫住，說好放學後在屋頂上碰頭。

不用問也知道是什麼事。應該就是那次「表白」——要我給個答覆吧。
不妙……我急了。伊萬里把「他」當成了「我」。若是如此，事情到底會變成怎樣呢……？
「啊，嗯……我是沒有要催你啦，只是——」伊萬里臉頰染紅，以不像她會有的畏首畏尾的模樣說：「是……是關於，表白的……答覆。」
——果然是這樣啊。
不好的預感猜中，讓我頭痛得想抱住頭，但現在我連這種反應都做不出來。
「表白？」「嗯、嗯。」「對我？」「咦？」兩人雞同鴨講了幾句之後……
「啊，原來……是這樣啊。」這個時候，他似乎猜到是怎麼回事。「原來如此，是『另一個』啊……」他嘀咕了幾句。
——他發現了？
被盛田伊萬里表白的是「我」——「他」似乎察覺到了這件事。從剛才到現在的種種，「表白」這個詞彙，以及把人單獨找來屋頂。已經有足夠的材料讓「他」推測是怎麼回事。
只是，接下來才是問題。
「伊萬里……」第一輪的平野大地問法直接得超乎想像。「該不會是喜歡我？」
「嗚咦！」

伊萬里發出怪聲。「啊，呃，那個……」接著，她吞吞吐吐了一會兒後，難為情地低著頭──

「嗯……」

微微點了點頭。

「這樣啊～～」「他」有點輕浮地抬頭看看天空。伊萬里不安地看過來，視線一對上又撇開了臉。

事情到底會怎麼發展？

伊萬里的表白。「他」察覺這件事，掌握了現況。這樣一來，接下來事情到底會怎麼演變？

第一輪的時候，伊萬里不曾對我表白。我們當然沒交往過，也沒有發展出比要好的同班同學更密切的關係。正因為這樣，我完全無法預判「接下來」的未來。

如果第一輪的平野大地被盛田伊萬里表白──

答案就在我眼前，以著實乾脆的方式揭曉了。

「我知道了。」

「咦？」

伊萬里抬起頭。而他的下一句話塗改了我們的命運。

「『我們交往吧』。」

「…………」

伊萬里張大了嘴，不斷眨眼。

「怎麼了？」

「真的？」

「啥？妳是要我答覆妳的表白……沒錯吧？」

「嗯、嗯。」

「所以我說我們交往啊。雖然我有點嚇到，但我也不討厭妳。」

「——！」伊萬里似乎到這時才認清事態，紅著的臉變得更紅。「對……對了。」

接著又以顫抖的聲音問起。

「啊，呃，外星人……天野河，沒關係嗎？」

「為什麼會提到她的名字？」

「啊，沒有，別在意，我只是在自言自語！……那、那麼，你的回答是ＯＫ吧？沒錯吧？」

「我從剛剛不就說了嗎？」

說到這裡，「不會吧，討厭……真不敢相信。他答應了……不會吧……」伊萬里帶著還不敢置信的表情反覆說著這幾句話。

「那麼，請多關照啦，伊萬里。」「嗯、嗯，我才要請你多關照。」「要一起回去嗎？」「對、對喔。畢竟我們是男、男……」男女朋友嘛。她喃喃說完又紅了臉。

——這是什麼情形？

這個時候，「我」愕然看著事態發展。

這是什麼情形？怎麼回事？伊萬里跟我——交往？

我莫名其妙。要和伊萬里交往的人應該是涼介，將來跟她結婚的人也應該是涼介。

結果她卻和別的男生——還好死不死偏偏是我。

金髮少女並肩走在我的——不，是他的身旁，然後我們打開屋頂的門，走下樓梯。

少女每次一瞥向我，就難為情地撇開視線。

這一天，平野大地開始和盛田伊萬里交往。

5

我的腦子一團亂。

——我們交往吧。

「他」對伊萬里的表白回答ＯＫ的翌日。我度過前一晚時，始終承受著像是腦袋被狠狠敲上一記的衝擊，到早上仍未消散。

「法國大革命後，羅伯斯比所施行的恐怖統治——」

世界史的課左耳進右耳出，伊萬里忽然看向我。我們視線一對上，她就紅著臉又撇開視線。這是眼神接觸，還是男女朋友間的暗號？

為什麼事情會弄成這樣……我用無法順利運轉的腦袋拚命分析事態。

伊萬里對我表白了——而「他」接受了表白。如果只看表面，就是高中女生對同班男生表白，而男生接受，就只是這麼一頁平凡的青春寫照。只要去除當事人是「自己」這點，這是「有可能發生」的事情。沒有女友的高中男生被同班的女生——而且還是被身材好，坦白說評為美女也不過分的女生表白。除非有其他喜歡的女生，否則答應才是自然的事態發展。

然而，現在這些都不重要。

伊萬里要和涼介結婚，這是確定的未來。而看在親眼見證過這個未來的我眼裡，這次發生的事情是會將一切命運都弄得一團亂的最可怕的事件。

我該怎麼辦才好？

處在這種完全失去自己的控制權的狀態下，我是不折不扣的束手無策。無論想對伊萬里說什麼，我都連一句話也說不出口。我無能為力。

「平野同學，可以……講幾句話嗎？」

——啊……

抬起頭一看，綁辮子戴眼鏡的少女就站在我眼前。不知不覺間課已經上完，到了下課時間。

「是關於簽名板的事。」宇野抱著那張簽名板，有點顧慮地提起。她的視線莫名地看向伊萬里。「我還是覺得……空著不太好。」

「不妥當嗎？」

「也不至於會不妥當啦……」

宇野視線落到簽名板上，為難地眨著眼睛。

「妳可不可以隨便幫我寫寫簽名板？寫什麼都可以。」

「不可以這樣啦……」

宇野露出更加為難的表情。接著她又看向伊萬里，這次和伊萬里對上視線，讓她嚇了一跳。

「平野同學，你啊……」

「嗯？」

「該不會……給了她答覆？」少女手按住嘴，小聲問起。

對於這個問題，「他」很乾脆地回答了。

「對，我答應了。」

就在這一瞬間，宇野的臉迅速轉為蒼白，連我都看得出血色在消退。

「怎麼了？」

「這樣啊……你答應啦……」

宇野彷彿聽不見我說話，嘴唇顫抖著動了。

就在這時——

一行眼淚，突然從少女的眼睛滑落。

——！

「啊、啊。」宇野嚇了一跳，別過臉去。「好奇怪，可能有東西跑進眼睛裡了……下次再聊。」

宇野慌張地轉過身，還一度撞到隔壁男生的桌子，逃也似的跑出教室。

「怎麼回事……？」

一張簽名板被留在桌上，「他」拿了起來。

宇野……剛才她確實在哭。是因為太震撼了嗎？「他」答應伊萬里的表白太令她震撼？我不知道真相，唯一感受到的就是事態正不斷往更壞的方向發展。

「大地同學，Universe怎麼啦？」

「誰知道？」

「啊，這不是簽名板嗎？你寫了嗎？」

「我正要寫。」

「他」握起原子筆，將簽名板拿到身前。

「喔，你要寫什麼？」

「寫沒有。」

「……咦？」

——不行。

我想起來了，想起紫苑說過的話。

——懷抱「夢想」寫到「簽名板」上。我三番兩次給你提示，但你就是不願意去面對。這就是現在的結果。你要擺脫現在這種不穩定的狀態，就必須面對「夢想」，用這股能量去超越「過去的自己」。這就是為了這個目的而辦的選秀會。

紫苑確實說過要我懷抱夢想，寫到簽名板上。如果那就是用以在這選秀會中獲勝的「提示」，那麼此時此地，被「他」在簽名板上寫下這幾個字是壓倒性地不妙。這等於自己丟掉唯一線索的無謀舉動。

「這種東西啊……」

然而，「他」已經把筆尖放到簽名板上。

「隨便寫寫就好啦，隨便寫寫。反正夢想這種東西——」

——不可以，住手。

我盯著簽名板，反覆發出不成聲的呼喊。不可以，不可以，這張簽名板，一定是選秀會的，某種提示——

眼看筆尖就要在簽名板上滑動。

——不可以！

「唔……！」他的手停下了。接著手掌按住右眼似的遮住了視野。

怎麼了？當視野變亮的瞬間——也就是他將右手從右眼上移開的瞬間。

世界染成整片紅色。

不對，這是我的視野一片紅色。這好紅好紅的東西是——

「血淚」。

「大……大地同學！血？你眼睛在出血啊！」涼介如此大聲呼喊，班上同學一片譁然。

——怎麼了？發生什麼事了？為什麼現在會流血淚？

「大……大地同學，保健室！」「嗯、嗯……」在涼介的陪同下，我踉蹌地走出教室。「平野你怎麼了！」伊萬里跑了過來。

我聽著班上同學擔心的聲音，茫然看著手指縫隙間的紅色視野。

6

回到自己家，躺著休息。他一睡著，我的意識也會遠去，接著又醒來。映入眼簾的牆上時鐘顯示現在是晚上八點多。

後來，「他」在擔心的涼介與伊萬里陪同下，前往保健室。接受保健室老師的緊急處置後，為防萬一，去了眼科看診。醫師診斷沒有異常，於是和趕來的母親一起搭計程車回家。

「唔……」「他」回到家後坐到床上，撕去貼在右眼上的紗布。拿起手鏡，看自己的眼睛。鏡子照出了我布滿血絲的右眼。

「啊啊，該死，痛……好痛啊。」

「他」以忿忿不平的口氣喊痛。似乎是眼睛會痛，只見他頻頻按住右眼瞼。儘管服用了聽過名稱的止痛藥，但諷刺的是我幾乎感受不到什麼像樣的疼痛。他吃了藥之後，坐在自己書桌前，把筆記本放到合上的筆記型電腦上。然後──

【你在吧？】

他用手寫的方式在筆記本上寫字。

──這是做什麼？

他把筆記本舉到自己的右眼前面，拿近兩三次，就像在讓眼睛對焦──不對，不是這樣，這是叫人「看啊」、「看啊」的信號嗎──

「他在對我發出訊息」。

接著他在筆記本寫下新的訊息。

【回答我。】

他寫完後，這次放下了筆，把筆記本翻到新的一頁。

──咦？

起初我不明白意思。然而他始終不寫新的字，一直維持等待的狀態，讓我也猜出了是怎麼回事。

難道說……我再次嘗試過去試到不想再試的事情。

動啊，動啊，動啊——我祈禱般拚命灌注力道想舉起自己的右手。想像指令從大腦一路傳過去，心中不斷唸著動啊、動啊。

啊！指尖微微顫動了一下。顫動的頻率隨即加快，努力了一會兒，右手開始慢慢挪動。

我的手伸向筆，用指尖想抓住細細的筆，卻沒拿穩而掉了。

「對喔，用筆不好寫吧。」他似乎改變主意，這次拿開筆記本，打開筆記型電腦。等熟悉的作業系統開機完畢，接著打開文字編輯器，讓畫面顯示輸入文字用的小鍵盤。然後將自己的右手手掌放到滑鼠上，再度回到等待狀態。

——意思是要我用這個……？

我右手用力，這次動作比剛才順暢多了，儘管仍然生硬，但足以控制滑鼠。看來只要「他」願意合作，被關在腦內的「我」也能獲得一定程度的「自由」。

我以顫抖的手用滑鼠游標對準畫面上的鍵盤，點選出「做」「什」「麼」三個字。

【做什麼】。

畫面上顯示出我輸入的文字。自從我「被關進」這個身體以來，照著自己的意志做出的行為第一次成立，讓我有了幾分開心的心情。我的狀態就是如此閉塞。舉例來說，就像是囚犯生活中第一次獲准寫信的感覺。

於是「筆談」開始了。

【我想好好問清楚。你是誰？】

他以流暢的動作輸入完文字，又把手放到滑鼠上等待。

我以只有他幾分之一的緩慢速度輸入「回答」。

【我　就是你】。

我連選字都懶，輸入的字也就必然都是平假名。而且找不到標點符號，所以就先打個空白代替。

我一邊打字一邊覺得隱約能夠了解他的心情，這讓我覺得很不可思議。我們本來就是同一個「平野大地」，所以從某種角度來看，這樣也許很自然，總之就是能夠察覺對方的言外之意。想來他以前發訊息對我說「還給我」的時候也是像這樣，用我的手拿起手機打字，或是寫在筆記本上。就只是我之前對他並不合作，他就以他的方式從「內部」試圖對我發出訊息。現在立場完全相反，但到這一步我都能夠理解了。

接著又輪到他。

【為什麼要礙我的事？】

接下來，「我」和「他」輪流打字。

【我　沒礙事】。

【右眼底下會痛。是你害的吧？】

【不是　我也不知道】。

進行到這裡，「他」深深呼氣。「不是嗎……」他喃喃說完，略作思考似的抬頭看看牆壁。

【伊萬里　的事】。

我無論如何都想問這件事，於是點選鍵盤。

【為什麼　那樣答覆】。

「問我為什麼……？」他動起手指輸入回答。

【被女生表白，不能答應交往嗎？】

【你喜歡　伊萬里嗎】。

【也不是喜歡，就普通吧。】

什麼？普通？

【明明不喜歡　卻跟她　交往嗎】。

【我又不討厭她，既然她都對我表白了，我當然就跟她交往啊。】

我以前的個性是這樣嗎？還是高中男生就是會這樣？

「而且，說起來……」這個時候，他自言自語似的喃喃說起。「伊萬里那麼畏畏縮縮的表情，我還是第一次看到……可能有點被迷住了。」

【呃　可是】。

【倒是——】

這次換他提問了。

【你是另一個我嗎？就像雙重人格那樣。】

【這】。

我想繼續問伊萬里的事，但話題被扯開了。只是，憑現在的我緩慢的打字速度，實在無法掌握對話的主導權。

【不是　雙重人格】。

總之先回答問題，結果——

【不然是什麼？你的真面目是什麼？】

【另一個　自己　說對了】。

我游標動得不順，用文字沒辦法表達清楚。
——我要思考。要怎樣才能讓他懂？
從某種角度來看，這是個機會。是能夠和「他」溝通的千載難逢的良機。只是Space Write的事、星乃的事、大流星雨的事……我不知道到底該從什麼事、什麼地方說起。筆談的形式也有著太高的門檻。
我還在猶豫，他就問了問題。
【你是「另一個我」，這我懂了。那麼，你的目的是什麼？】
目的……這個詞又讓我猶豫。我該寫什麼才好？
我不知道什麼才是最好的回答，但仍寫下最先想到的念頭。現在我只有這個目的。
【我想救　星乃】。
【星乃？】
【天野河　星乃】。
【你是指那個不來上學的天野河星乃？】
【對】。
【你常去天野河的公寓，這我隱約記得。她是什麼人？】
【這】。
我打到這裡，停下了手。

我該怎麼說明才好？從穿越時空的事情說起？從大流星雨說起？這樣能夠讓他相信嗎？

坦白說，我完全沒有自信可以解釋清楚。然而，「他」的下一句話讓我有了說明所需的立足點。

【該不會，和時光機有關？】

——！

時光機。這個突然冒出的名詞正好飛了過來。

我抓住滑鼠。

【沒錯　我是用　時光機　來到　這個時代——】

坦白說，連我自己都覺得解釋得很差。總之我想多打幾個字說明我這邊的情形，但這件事本來就荒唐無稽。平野大地後來會跟天野河星乃變熟，她會當上太空人，但她將在西元二〇二二年死於恐怖攻擊——我沒完沒了地寫下這些。途中他提出了一些問題，我一一回答，但最後他得出的結論是這樣的。

【實在沒辦法相信。】

說來懊惱，但我覺得他會這樣是應該的。要是我和他對調立場，我也實在很難相信這種像是科幻電影才會有的情節。

但我現在還是只能繼續堅持。

【可是　是真的】。

【那證據呢？】

證據……說到這裡，我說不出話來。

我所說的事情是未來發生的，所以沒有證據。因為現階段，未來還不存在。

【要證據　沒有　可是　是真的】。

「根本沒得談。」

他以粗魯的口氣撂下這句話。

「這種天馬行空的鬼話，誰奉陪得下去啊？白痴。」

他用力合上筆記型電腦，談話就此決裂。

7

翌日。

「大地同學～～教我剛剛上課教到的地方～～」

下午的課上完，涼介來到我的桌子前面。他手上有漢文的教材。

「……又來啦？」

「抱歉抱歉。英文我自己查字典還勉強應付得了，但漢文就是吸收不進腦袋～～而且有很多漢字我根本就不會唸。」

「是哪裡啦？」

「啊，剛才的漢文課，這個部分，『君須知之』。」

「啊～～是再讀文字啊。『須』要唸兩次，這你懂吧——」

「他」湊過去看涼介翻開的教科書。「他」應該不知道涼介決定考醫學系的來龍去脈，但說來說去，他還是會像這樣教涼介功課。

本來在「第一輪」我就多少會教涼介功課。以前都是大考快到時，涼介跑來找我求救，而我幫他猜題。所以像這樣陪涼介複習平常的上課內容，想必他也覺得不太適應。

證據就是他們有了這樣的對話。

「我說涼介～～你真的要考醫學系？」

「咦？那當然了。」

涼介不斷眨眼，一臉不懂我在說什麼的表情。畢竟慫恿他考醫學系的人就是「我」，他會這樣也是當然。

「有什麼不好嗎？」

「沒有，也不會。」

「……？哎，隨便啦。然後大地同學，關於這次的模擬考，我有個小小的野心。」

涼介一臉充滿幹勁的表情，一邊抄寫漢文一邊說話。相對地，「他」則不帶勁地反問：「野心？」

「我要把這幾個月來用功的成果拿出來大幹一場，一下子超越一大堆人。到時候班上的女生就會對我另眼相看，喊著：『呀啊～～山科同學，抱我！』」

「……是喔？」

「我會辦到的～～」涼介也不管對方的反應，一心一意地在筆記本上抄寫漢文。

涼介！涼介……！

我在心中呼喊。但果然什麼事都沒發生。

——要怎樣才能讓他注意到我……

只要仔細聽，確實有差異。第一輪的我和第二輪的我。就算只是剛剛那樣短短幾句對話，反應中也頻頻顯現出些微不同。然而，「他」——平野大地的溝通能力之高，將這種不對勁的感覺巧妙地掩蓋過去，連好朋友涼介都不會發現當中的不對勁。

從對方的表情察言觀色，若無其事地避免提到可能會讓對方不愉快的台詞，或是會踩到對方地雷的話題。這就是平野大地的處世之道。

「謝啦，大地同學！這樣我的漢文也完全搞定啦！」

「加油啊。」

「俺須揉乳！」

「……哎，愛怎麼記隨你高興啦。」

涼介站起來。「那我走啦，大地同學，我愛你！掰啦！」他留下這句話，把教科書和筆記本塞進書包，走出了教室。

涼介……

我目送勤於用功讀書的好朋友的背影，一邊想著：「啊啊，我再也不能和涼介說話了嗎？」心情變得黯淡。

「須，是吧……」

他一邊自言自語一邊將漢和辭典收進抽屜。「算了，無所謂。畢竟我也有『空窗期』。」聽得見他在自言自語。

「好了，趕快回家吧……」

就在他站起來的時候。

「——平野。」

有人出聲叫住他。抬頭一看，金髮少女就站在身前。

「什麼事？」

「啊，那個，我說……」伊萬里忸忸怩怩，用力握住拿著書包的手。

「我想說，要不要一起回去。」

「啊啊，好啊。」

他把書包揹到肩上，大剌剌地往前走。「走嘍？」「啊，嗯！」伊萬里開心地笑了，立刻追上去和他並肩行走。

伊萬里……

最近伊萬里頻頻和「他」一起放學回家。他們在交往，所以不會不自然，但這件事同時也已經將伊萬里的命運──也是將涼介的命運──改變到了無法挽回的地步，讓我只能為自己的罪孽深重而顫抖。

「你又在教涼介功課啦？」

「簡單教一下啦。」

「我怎麼聽到他說胸部怎樣的。」

「啊啊，那是──」

兩人離開校舍，走在通學路上。我只能茫然看著。

「要照顧涼介很麻煩吧？平野你人真好。」

「也沒什麼。」他撇開視線說道。我知道他有點難為情。

「可是，你自己也有功課要顧吧？而且模擬考就快到了。」

「妳都不用考，真好啊～」

「哈哈哈，也是啦。」

「不過，教涼介是無所謂。」他將手插進口袋，一邊說：「說來說去，我自己也能學到東西。」

「啊，就是所謂要教別人『1』，自己就得懂到『10』？」

「就是這樣。」

教涼介功課對教的一方來說，也必然會有非常好的學習效果。既然要教別人，那麼我自己也得念到一定程度再來回答才行。而要讓涼介這樣的初學者理解，自己就得對相當基礎的部分都有很深的理解，否則就無法教導。就這點來說，我從第一輪就經常教涼介功課，所以「他」似乎也能順利完成這項任務。

「不知道涼介考不考得上醫學系呢。」

「誰知道呢……」

「我們學校每年也會有幾個人考上醫學系吧？」

「那可都是Universe這種最頂尖水準的人耶。」

「也許是這樣沒錯啦……」

「我們這一帶，第一名和第二名高中的差距滿大的，所以偶爾會有一些就差一點點而進不了頂尖高中的考生，或是在高中入學考當天搞砸的學生進了第二名的高中。所以偏差值低的高中也偶爾會有一些人考上很難的國立大學或醫學系，就是這個道理。」

「這樣啊～」伊萬里有點難過地抬頭看著天空。「可是涼介很拚呢。他想考醫學系似乎是認真的，這點我對他有點另眼相看。但願這次的模擬考，他能考個好成績。」

「也是啦……不過把運氣都用在模擬考也沒用啊。」

「運氣？」

「入學考這種事，結果不就是一切嗎？就算是僥倖，只要考到想上的大學就是成功；而且無論多麼用功讀書，考不上想考的大學就是白費工夫。把運氣用在模擬考上也沒有意義。」

「……………」

伊萬里沒回答，只是微微放低了視線。

——我覺得人生就是過程。

他並未發現兩人的價值觀產生了衝突。只是伊萬里似乎有所顧慮，並沒有反駁。

「對了，今天我要先過去瓦特佐伊一趟……」

伊萬里換了話題。就在這個時候——

「——這——店——去——說——」

怎……怎麼回事？

伊萬里說話的聲音突然變得斷斷續續，有點像是在急速上升的電梯裡會因為耳膜發脹導致聽覺無法正常運作的現象，只是酩酊感強了好幾倍。

從伊萬里的嘴脣動作看去，可以確定她是正常在說話，而從她點頭的情形看來，和「他」的對話很正常地持續進行也是可以確定的。

這是怎麼回事……不對勁的只有「我」嗎？

這種異狀並非只出在聲音。

——！

伊萬里的臉突然變得模糊，就像眼球上多了一層眼淚形成的水膜，又或者像毛玻璃讓少女的輪廓變得模糊，維持沒對到焦的狀態持續動作。

視覺，以及聽覺。這兩者都不明瞭，讓我想大聲喊出來。這樣的狀況持續著。

「——那——改天見啦，平——」

少女揮著手的模糊輪廓在毛玻璃的另一頭漸漸遠去——不，實際上我看不清楚，也許只是從前後情形看出這一點——我始終無法認知外界，想像自己面臨的事態。

啊……

視野恢復了。

『電車即將抵達一號月台——』

廣播響起，車站的月台映入眼簾。

恢復原狀了……？

搭上電車的「他」的視野裡，可以看見玻璃窗反射出平野大地的身影。過了一會兒，接上手機的耳機開始傳來品味很差的西洋音樂。

有事情發生了。

而且還是異常的事情。

視覺和聽覺一起走樣的這個現象——

是結束的開始。

8

情形一天比一天嚴重。

「——大地同——剛——課內——？」

涼介在說話，但聲音斷斷續續，我完全聽不懂意思。他手上拿的東西像是古語辭典，但輪廓也迅速變模糊，就像用焦距對不準的雙筒望遠鏡看東西，色彩會和周圍互相摻雜。我想吐，但連按住嘴都做不到。

我莫名其妙。

視覺與聽覺，兩者都產生了異狀。換作平常，我會立刻去醫院，但當事人平野大地——「他」過著日常生活。證據就是我對外界的認知已經有這麼大的障礙，他卻和眼前的涼介正常對話，教他功課——看來是這樣。

出毛病的……只有我嗎？

先前多得是可說是異常的事態。真要說起來，像現在這樣被關在自己的體內，這件事本身就很異常，而且會突然受到睡魔侵襲或是不舒服也不只一兩次。疲勞與消耗已經達到極點。然而即使如此，透過「他」的眼睛看見的「景色」，透過耳朵聽見的「聲音」，都不曾有這麼劇烈的變調。而這變調與日俱增，我幾乎已經沒有能夠正常認知外界的時間。

──結束的時候近了。

我並不是有什麼具體的根據，更不可能有什麼醫學上的證據。只是，即使如此，切身感受著當下異狀的我，能夠理解現在所發生的事情是一個結束的前兆。

──我設下了「期限」。

紫苑說的話，以及現在的事態。

不容分說地讓我恍然。

「是結束」。

「我」就要結束了。這種異常的和平野大地這個高中生同居的「我」的意識，如今已是風中殘燭，再過幾天，又或者就在今天，結束的時候就會來臨。就像電池電力耗盡的手機，畫面會變暗，會不再有反應，我也將沉入伸手不見五指的黑暗深處。這視覺與聽覺的異常，滔滔不絕、毫不留情地逼我面對這個事實。

就快要結束了。

無論要看，要聽，要像這樣透過「他」這個觀景窗見到涼介、伊萬里、宇野與黑井他們，都將再也辨不到了。最重要的是，我將再也見不到星乃。

不會吧……

像是顏料潑灑出來的色彩中，教室的光景扭曲變形。這團色彩當中傳來國文老師說話的聲音，也只能斷斷續續聽見，已經連一個字眼都聽不清楚了。

視野不只是模糊，還縮小到以前的一半以下。不只是畫面的解析度，而是畫面本身的尺寸也從全螢幕縮減為視窗，再縮成更小的尺寸，就像隧道裡遠去的外界光明一樣變小，「世界」遠離「我」。聽覺的音量也極度降低，連以大嗓門出名的老師說話聲聽起來也只像是蚊子叫。而這些「症狀」急速惡化，已經到極限了。

不會吧。

竟然就這樣結束。

我就要在這樣的地方結束嗎？沒有任何人發現，靜靜地，就像沉眠在自己體內，連和星乃道別都做不到——就要結束？不對——

死？

我會死在這裡？

我會就這樣死掉？

我好害怕，滿心恐懼。我好怕，怕得要發抖，呼喊，但連聲音都發不出來。呻吟和眼淚也都出不來。

就宛如只有我所待的這間牢房，天花板往下壓，牆壁擠壓過來。這種看不見的壓迫把我這個意識的房間縮小，變得很窄，被困在裡面，最後就像關掉映像管電視一樣，化為一丁點小小的光而消失。

我會消失。

有沒有——方法可以得救？

有誰——可以救我？

一切為時已晚。

一切都太遲了。

「————！————啊————————嗎？」

有人在說話。

但無論是這句話的意思，還是誰在說話，我都已經不知道了。

就像滴在水面的墨水，逐漸擴散，消融。

我也將……

消失得……

無影無蹤——

9

……嗎？

——聽得……嗎？

我猛然睜開眼睛。

當然睜開眼睛只是我的感覺，眼睛不是我睜開，而是「他」睜開的。在這視野中。

不，這些不重要——

「喂，聽得見嗎？」

我聽見說話聲。

這是我的嗓音。難得可以清楚地聽見。

而眼前有著像是筆記型電腦的畫面。

上面顯示著——

【聽得見嗎？】

這樣一行訊息。

啊……

到這時，我才總算發現。

這是「筆談」。

我不知道為什麼事到如今，「他」會跟我接觸。然而，這些都不重要。現在我唯一的選擇，就是像故事裡只能抓住一根細絲的犍陀多那樣，緊緊抓住這一線希望。

【聽得見】。

手指會動。這是他准許我動，所以現象和以前一樣，但對於直到剛剛都瀕臨「消失」危機的我而言，就覺得有種奇妙的懷念感。

然後「筆談」開始了。

【我有事想問你。】

【什麼事】。

【你這半年來，究竟做了什麼？】

——？

我不懂他問這個問題的意思。

【什麼意思】。

【這簽名板，我想隨便寫寫，結果大家都阻止我。】

咦？

他突然提到簽名板，讓我愣住。簽名板——大家決定要各自寫上將來的「夢想」，放進時光膠囊的那張簽名板。他把簽名板舉給我看。

【而且，大家都很奇怪。】

【奇怪？】

【像涼介想考醫學系，伊萬里為了當設計師要去留學，宇野還想當偶像，大家到底是怎麼了？怎麼突然開始追夢？】

這是這半年的「他」所不知道的事情。伊萬里選擇留學的來龍去脈；涼介決定考醫學系的契機；宇野開始以當上偶像為目標——這一切，都是「第二輪」的我所參與、改變的事情。

【大家開口閉口都是夢想，跑來跟我說得一副理所當然的樣子，說夢想很重要。】

我答不出來。伊萬里的事、涼介的事、宇野的事。發生的事實在太多，沒辦法用簡短的文章說明。

【你這半年來似乎搞了很多事情啊。像是夢想，還有跟這有關的事情。】

【這】。

【坦白說——】

他不等我回答，就把自己的意見丟過來。

【我很傷腦筋。】

傷腦筋？

【我好不容易找回了人生，卻還要受到「你」的束縛。就是這種傷腦筋，或者說是不爽。】

我總算漸漸懂得他想說什麼了。

夢想，以及周遭追逐夢想的這群朋友。這林林總總，對於不知道這半年來發生了什麼事的他而言，想必處處覺得不對勁吧。

【是你害的。】

他說出不滿。

【都是你害得我非得教涼介功課，雖然這是無所謂，但不管是伊萬里、宇野，還有連黑井都理所當然地跑來給我建議，說要寫在簽名板上的夢想最好是好好想過再寫。】

原來有過這種事嗎？

這陣子，我根本沒辦法清楚認知到外界，所以不清楚詳細情形。

【我想到這樣不行。】
【什麼不行】。
【我想到要找回我的人生，不和你做個了結是不行的。】
了結……
這個提議出乎我的意料。
我都快要消失了，他卻說要跟我做個了結。
不對，慢著。
總覺得——想起了很重要的事。
接著他說出了這樣的話。
【「不超越你，我就拿不回我的人生。我有這種感覺」。】
啊……
有個念頭閃過，就像夜空中只有那麼一瞬間閃過光輝的流星。
「不超越你不行」。他剛剛的確這麼說了。
——你必須面對「夢想」，用這股能量去超越「過去的自己」。這就是為了這個目的而辦的選秀會。
紫苑也說過。
說這場選秀會是用來超越自己。

對。

然後……

——懷抱「夢想」寫到「簽名板」上。我三番兩次給你提示，但你就是不願意去面對。

提示早就給了。

從一開始，她就對我給出再明瞭不過的提示。

可是——我不去面對。我撇開了目光。

為什麼？

——看著這種情形……我很害怕。怕夢想沒能實現的那一刻，會覺得愈是努力——

因為這就是我最害怕的情形。

【這簽名板就這麼重要？】

他說到這裡，忿忿地拿起簽名板。「這種東西——」說著手上用力。

——不可以。

雖然我沒有確切的證據，但已經開始注意到。此時此地，用這種敷衍了事的心情寫上去是不行的。因為——

選秀會。我到現在還不明白紫苑為什麼要安排這樣的戲碼。她說要看看我有沒有「利用價值」，但我連這是不是她的真心話都不知道。但我覺得這張簽名板就是這場選秀會中的關鍵，這點幾乎可以確定。證據就是紫苑一再提到「夢想」與「簽名板」，現在回想起來，她對我的志願就執著得十分露骨。
搞不好……我看著簽名板，浮現出一個想法。如果以宇野宙海應徵的偶像選秀會為準，那麼這張簽名板……沒錯，「不就像是選秀會當中的『指定曲』嗎」？
【夢想　很重要】。
所以我開始說服。
【夢想？】
【將來的　夢想　這現在　很重要】。
連寫下這些的自己都覺得很沒說服力。我自己沒有夢想——至少沒有朝夢想努力的勇氣。即使如此，現在我還是必須讓他心服。用馬虎的心情去寫這簽名板——不正視自己的夢想，想必就意味著我的「落敗」。
「呼～」對話在這時中斷，他深深呼一口氣。他之所以做出這麼刻意的深呼吸，似乎是為了讓煩躁的自己鎮定下來。
「我說啊，打字很麻煩，我正常講話，可以吧？」
【知道了】。
對話改為以「筆談」與「人聲」進行。
「剛才我也說過……」他靠到椅背上，仰望天花板。「大家都在問我：『你的夢想是？』『平野的夢想是？』」

我默默聽著。

「伊萬里要去留學也嚇了我一跳，但我更沒想到大家還說要埋時光膠囊，要寫將來的夢想，弄得那麼起勁。」

他以敬謝不敏的語氣說。

「我跟不上這種調調。」這不折不扣是他的真心話。「什麼將來的夢想，明明百分之九十九都不會實現，把這種東西放進時光膠囊也只會讓自己以後丟臉吧。」

【不對　伊萬里　會實現　夢想】。

「那是結果論吧？」

他一口咬定。

「涼介也是，說什麼要考醫學系，他到底在想什麼……」

【不對　涼介也會　考上醫學系】。

「這是找麻煩。」他這麼斷定。「這半年我簡直沒有活著的感覺，而且好不容易回到日常生活，結果每個人開口閉口都是夢想夢想，將來的夢想……像宇野還想當偶像明星咧，偶像明星？她成績明明很好，為什麼會走錯路？」

【別說了】。

「想也知道只有夢想或嚮往，將來會沒飯吃。」

別說了別說了！我生起氣來，握緊了滑鼠。

【不要看不起大家　涼介　伊萬里　宇野　黑井　大家都在努力　大家都朝著夢想在努力　夢想很重要　很重要的】。

「夢想夢想，吵死啦！不管涼介、伊萬里、宇野還是黑井，就連那個叫紫苑什麼的學妹也一樣……到底是怎麼了？一個個滿嘴都是夢想夢想夢想──我不需要那種東西！夢想這種東西，長大了不就會忘記嗎！」

【不對　夢想　不可以忘記】。

不知不覺間，我也愈說愈起勁。把選秀會云云都拋諸腦後，就只是無法忍耐夢想──無法忍耐追夢的涼介、伊萬里、宇野和黑井被他看不起。最重要的是，我就是為了保護星乃的夢想與未來才來到這個世界的。

「只出一張嘴，愛怎麼說都行。」

他很快地講完這句話。身體在發抖，彷彿在表示他對這個話題由衷感到不耐煩。

「你不是『另一個我』嗎？那你應該知道吧。總還知道自己不是天才，也不是菁英，就只是個凡人、一般人。」

【這】。

「你應該記得吧？國小的時候，雖然足球踢得好，但完全比不上高竿的傢伙。」

【這是沒錯　可是】。

「國中的時候也一樣。在美術課被誇個幾句就得寸進尺，把畫上傳到網路上，結果被網民說得一文不值對吧？」

【這】。

「功課也是一樣。」他不再讓我打字。「以前在班上成績一直都排很前面，但上了高中一看，該怎麼說，有夠普通……在班上也是排在正中間，頂多高一點。月高這學校雖然不差，但頂多就是這一帶第二名前後的高中，至少和都心地帶那些菁英升學高中完全不一樣。就算是在這樣的地方，你也只比平均分數高一點。拿我們班來說，你連一個贏得過Universe的科目都沒有吧？頂多只有體育？」

【】我打不出文字，但他還是繼續說。

「你知道嗎？JAXA的太空人可都是些高學歷、能力也高的人耶。」這是我以前說過的話。「幾乎都是東大，不是東大也都是很難考的大學。而且，都是醫生或飛行員之類的菁英。你贏得了這樣一群傢伙嗎？要怎麼贏？」

他說到這裡似乎喘不過氣來，有點嗆到。他拿起保特瓶裝的飲料喝了一口。「夢想這種東西——」然後忿忿地說了：「和沒有才能的人無關！」

他這麼喊完，用力靠到椅背上，暫時不說話了。共有同一個身體的我也能感覺出他的體溫上升。

——你知道嗎？JAXA的太空人——

太空人。我並未主動提起，但不知不覺間他提起了「太空人」這個字眼。想來他自己也是無意識地說起。

——該寫什麼才好？

我說不出話來，因為「我」就是「他」。因為我即使能夠支持別人的夢想，也沒有自己的夢想，平野大地這個人就是這樣。

他說得對——我知道自己認同他說的那套。我沒才能，不是星乃這種天賦異稟的天才，也不是彌彥流一和天野河詩緒梨那種天才工程師或天才科學家，就只是個平凡人。要當太空人實在強人所難。

只是……即使理智上認同，卻無法心服口服，這是為什麼呢？不，更重要的是，不管自己認不認同，我都有非做不可的事情。

【簽名板】。

到頭來，還是回到最初的話題。

【請你　先不要寫】。

這是我說什麼也要讓「他」答應的條件。犂紫苑——蓋尼米德的選秀會。不從這選秀會中存活下來，我就沒有辦法保護星乃。

一旦這種事情發生——

腦海中閃過的是那幅光景。蓋尼米德綁住星乃，而星乃朝我伸出手，說出「救、救、我」的光景。

【求求你】。

所以我懇求他。

【簽名板　請你　先不要寫】。

「……那——」這時「他」以強而有力的口氣說了：「『你就證明給我看』。」

——咦？

「既然你說夢想很重要，你就證明你不是空口說白話。既然你的夢想是當太空人，考個『東大』總考得上吧？」

這……我啞口無言。他對我說下去：

「下次的校內模擬考……不對，校內模擬考不行啊，如果『你』是『第二輪』，也許就會記得以前考過什麼題目——」

他用電腦打出「考大學　高二　模擬考」這樣的關鍵字開始搜尋。

「就是這個。你去考這個。」

畫面上跑出的網頁是「川井補習班　全國模擬考（高二生用）」。

「如果要我先別寫簽名板——」

接著他提出了條件。

「『就在這個模擬考拿下「東大A判定」的成績』。」

【recollection】

我是從何時開始察覺自己沒有才能呢？

小時候無所謂。無論是甲子園的英雄、讓無數觀眾情緒沸騰的明星選手，還是讓演唱會座無虛席的歌手，雖然都是崇拜的對象，但總覺得伸出手似乎就能碰到。

電視上的職業棒球選手打出特大號全壘打，我們就會在公園模仿。在世界盃看到精彩好球，自己也會學學樣子。朋友還模仿花式滑冰的空中旋轉三圈，結果扭到腳而被送去醫院。大家都天真地相信自己也能成為自己崇拜的英雄。

但是我——不對，是我們——漸漸學到了「現實」。隨著成長的腳步，漸漸被迫體認到自己認為的才藝或優點等等，其實不是什麼了不起的才能。

首先是足球。我在當地的少年足球隊「FC月見野」一直都是先發球員。國小三年級時，是這附近相當有實力的強隊。然而在我們奪得地區大賽的冠軍後，接著進到的縣級大賽上，第一輪就以「０－12」的分數大敗，而打敗我們的球隊也在接下來的第二輪比賽裡以「０－７」大敗而遭到淘汰。人上有人。讓我體認到這一點的就是運動，從這個時候起，我就不再談論當足球選手這個夢想。

我的功課也還不錯。國小每次考試，不管哪一個科目，在班上的成績都是前幾名。

在「班上頭腦最好的人是誰」這種半趣味的問卷調查裡一定會有我的名字。國小我就從來不曾有上課聽不懂的地方，考試前只要稍微看點書就能輕易拿到好成績。祖父誇我將來不是當醫師就是當律師，我自己也開始相信自己有才能，還公開宣言我要當的不是律師，是太空人。畢業作文上就明明白白寫著「太空人」，在班上高聲發表。作夢也沒想到這會變成我的黑歷史。

只是，這種天真無邪的夢想，上了國中後也漸漸變了樣。學力偏差值這個指標，以及半強制要考的模擬考，讓我無從抗拒地被丟進了一種叫作排名的尺底下接受衡量。我的偏差值一直都有60以上，有些科目甚至超過70，但相對地也開始有些科目的成績上不去。總成績要上當地頂尖高中還差了點，第二順位的高中是比較妥當的落點，求穩健的話就是第三順位了吧——我和母親一起聽著老師說起這樣的志願指導。我本來一直覺得自己跑在全班前面，所以覺得自己的排名突然變低了。「第二順位」這個描述，開始把我心中的「功課好」這個自我認同挖垮。

到頭來，我去考了離家近的月見野高中，然後考上了。但這是第二志願，第一志願的私立知名升學高中，我輕易地被刷掉了。數學的大題別說一半了，我甚至只會解三分之一——雖然這是我自己該負責，誰教我認為考這間學校只是挑戰，並未投入太多心力——聽著周遭的考生們鉛筆寫得沙沙作響，就讓我很難為情，覺得自己來到了不該來的地方。在學力這件事上，我那種隱約覺得自己跑在同年齡領先集團的感覺，在此完全遭到粉碎。

即使如此，即使算不上菁英，「功課算好」這種長年浸淫的感覺，在剛上高中的當初總還勉強維持住。畢竟月見野高中好歹分類在升學校，而且頂尖的一些學生也會考進還算難考的大學。當時我還相信自己只是考試遇到一點挫折，但要說到能力或素質，也就是稱為「才能」的部分，自己還有得拚。

然而，我這種覺得自己「功課好」的自尊，在高中第一學期第一次期中考就已經面臨危機。說來理所當然，同一間高中裡，聚集的是一群有著同樣偏差值、同樣學力的學生。這是考試體系下理所當然的歸結，而上了高中的我立刻變成了「普通」。到國中還維持在前面的學力，到了高中就落到了正中間。努力準備考試是可以多少提升一些分數，但頂多也只能達到「中等當中的上等」。在本以為是自己優點的學力這方面，我也成了普通人。

我在運動和學力兩方面都無法再表現優秀，於是漸漸察覺到了這件事。上了高中後，大學的難度這種事情任誰都知道。看著大學入學考指南與偏差值排名，就體認到要在彌彥流一念的窄門大學學習航太工程與應用化學，門檻是多麼高。別說班上的第一名，即使是全學年第一名的學生也未必能夠考上。

於是我再也不提當太空人這個夢想。因為我自覺到這不但孩子氣，更顯示出自己不知天高地厚。就像當不上主力的棒球校隊隊員絕對不會把目標放在成為職業棒球球員；

在足球校隊當替補的人不會說要成為日本國手。連彌彥流一與天野河詩緒梨出身的大學都覺得遙不可及的我，痛切體認到自己與他們之間隔著一堵厚實得無以復加的牆壁，水準有著莫大的差距。不只是考上窄門大學，還要有著能在這些大學裡的競爭對手中脫穎而出的才能，受到全球知名的研究機構招聘，榮登諾貝爾獎得獎候補的世界級菁英——這就是我所崇拜的人們。他們是待在電視與電腦「裡面的人」，我只不過是呆呆看著他們活躍的觀眾之一。

【要怎樣才能變成像彌彥先生這樣的太空人呢？】

當時彌彥在影片中溫和地回答我。但他心中是怎麼想的呢？秉持成年人的胸襟，四兩撥千斤地把孩子氣的夢想應付過去。那麼現在呢？如果現在的我說想當太空人，彌彥會怎麼說呢？當時他說：『不過太空人最重要的資本還是身體吧。』他身旁的天野河詩緒梨大喊：『太空人最重要的就是好奇心了！』但現在我懂。體力與好奇心當然都是必要，但除此之外，壓倒群雄的學力、頭腦、知識，綜合這一切都要達到天才級的——

才能。

他們與眾不同——我這麼想。太空人是「與眾不同」的人，和一般人不同，是另一個世界的人。就像太空中遙遠的「星星」和待在地上的我們是不同的。小時候伸手去抓「星星」也不會被取笑，可是上了高中，正逐漸長大成人的我已經沒有辦法再踮起腳尖去抓「星星」。踮起腳尖去抓手碰不到的東西會讓我很痛苦。我學會放下手，腳踏實地活下去才是長大成人。不，我說服自己，同年齡層百分之九十九的人都自然會在心中學到這件事。彌彥「與眾不同」，我「普通」。他們是「天才」，我是「庸才」。告訴自己：區別夢想與現實——這就是長大成人。所以我盡量不去無謂地勉強自己，不去做無謂的努力，轉而追求以一定程度的努力得到還過得去的成果——尋求「CP值」好的人生路線。十歲神童，十五才子，二十凡人。當我聽到這句顯得諷刺的格言時，覺得這實實在在就是在說我。而我甚至不曾是神童。天真無邪的幼年期宣告結束，我不再作夢。

的確，對幼小的我而言，彌彥流一這個太空人是我的「明星」。

可是，我終究知道了——知道了天有多高。

於是，我不再朝「星星」伸出手。

第五章　星之子

1

早晨。

天還沒亮，我就面向書桌，翻開參考書。

——如果要我先別寫簽名板，就在這個模擬考拿下「東大A判定」的成績。

當時「第一輪」的我提出了這個唐突且強人所難的條件。但這對現在的我而言，卻是一線希望。

起初我滿心疑問。「他」對「我」懷抱的不滿和這種模擬考的成果之間，並沒有直接的關連。然而，對「夢想」懷抱自卑的「他」想讓「我」放棄夢想，這點我看了出來，而且選擇「讀書」作為實現這個目的的方法，也讓我覺得有幾個地方說得通。

讀國小，到上國中，我都還以為自己的優點是「功課好」。但我的這種驕傲，被高中入學考及應考偏差值所形成的學力分段給狠狠折斷。我不再談論夢想就是從這個時候開始，也正因為這樣，「他」才會想透過「讀書」這件事再度把「我」的自尊狠狠折斷——我想是這樣。而且在「讀書」這個類別，能夠馬上想到的最困難條件就是「考上東大」，如果要拉回到現在這個時期做出了斷，那就是「在模擬考拿下東大A判定」。以偏差值而言，彌彥流一就讀的大學是和東大齊名的國立大學，這件事想必「他」也知道。說來這就是追逐夢想的第一道門檻，所以他就是要我超越這道門檻。

【平衡狀態分為溶解平衡與氣液平衡等種類，無論哪一種平衡，外觀上都顯得已經停止反應，但這時正反應和逆反應的速度——】

我播放補習班講師講解的影片，眼睛直盯著參考書。

距離模擬考還有七天。就只有七天。

本來要在模擬考拿下東大A判定是強人所難的條件，我不可能會接受。然而，對於像這樣被「軟禁」在自己體內的我而言，別無選擇餘地，過起了久違的考生生活。哪怕是多麼有勇無謀的挑戰，對我來說，現在都是唯一能夠寄望的蜘蛛絲，最重要的是，這對被蓋尼米德盯上的星乃也是救命繩，所以我死命抓住不放。

該說是不幸中的大幸嗎？「他」非常合作。對於我要求的教材、參考書，還有像是現在看的這種給考生看的影片，他全都準備齊全，為我營造出能夠自由念書的環境。所以我儘管處在受到限制的狀況，仍然勉強在功課方面有進度，無論早上還是深夜，只要體力還撐得住，我就不斷念書。「他」會這麼合作，反過來看也就表示他對這次的「條件」是認真的，而且我也日益感受到「這樣還不行就放棄吧」的言外之意。白天在學校上課，晚上讀模擬考出題範圍，這樣的生活讓我覺得自己就像個在牢房裡只拿到了考試範圍參考書的囚犯。

——唔……

受到限制的視野漸行漸遠似的模糊，就像只有自己一個人處在地震當中，姿勢也變得歪斜。還只是第三天，但在現在這種受到「軟禁」的狀態下念書，不但效率極差，體力的消耗也很劇烈。像是戴著度數不對的眼鏡的酩酊感，以及剩下的天數實在太過不足的焦躁感。這些因素交互作用，一點一滴地消磨我的精神力。但既然除此之外別無他法，我也只能咬牙撐下去。

這種「考生生活」進行到一半。

事件發生了。

離模擬考剩下不到六天的回家路上。

我在睡眠不足的狀態下踩著搖搖晃晃的腳步，好不容易看到住家進入視野的時候。

啊……

一名少女站在那兒。

道路前方，一名少女躲在電線桿後探頭看過來。她有著隨風飄逸的黑色長髮、苗條的手腳、嬌小的身體。尺碼大了些的連帽衣底下露出的大腿因寒冷而發抖。腳上穿的涼鞋印有動畫人物圖案，整幅光景就像小學生在和電線桿玩捉迷藏。

星乃……！

我想喊出來，但喊不出聲音。已經十天，還是二十天了？或是更久？對於一直無法去到銀河莊的我而言，這個少女的身影已經很久沒見到了。

但對「他」則不是這樣。

他雖然察覺到少女在場，但沒跑過去，也沒跟她說話，就這麼從電線桿旁走過，往住家走去。對現在的「他」來說，星乃就只是個繭居在家的同班同學，不曾見過也不曾說過話。一定要說有什麼關連，就是她曾是知名的「太空寶寶」，但現在甚至已經沒有人會提起這個話題，就只是知道附近住了這麼一個自己知道長相與名字的名人。

他開了鎖，正要伸手去握玄關門把的時候。

「——大地同學！」

星乃喊出聲。他的手停住。

回頭一看，星乃站在住家私有地的界線外緣。夕陽從旁照來，將白色的連帽衣染成橘色。

「你是怎麼……了？」

「啥？」

他冷漠地回話，星乃就以握緊的雙手按住連帽衣的胸口部分，一邊說：

「大地同學，最近……根本，都不來……」

「妳說什麼？而且，妳是誰啊？……該不會，妳就是天野河？」

「咦？」

他轉過身，站到星乃身前。星乃似乎無法理解事態，不停眨眼。

「妳該不會也是來見『另一個我』？畢竟我不在的期間，『他』似乎常去妳住的公寓找妳。」

「咦？咦？」

星乃發出搞不清楚狀況的聲音。這也難怪。面對熟人突然變得很生分，讓她一頭霧水。

「大地同學，你在說什麼？」

「不要裝熟地直接叫我名字。」
「咦，可是……」少女更加一頭霧水。「大地……同學？」
「有什麼事啦？」
他的聲音很冷漠，星乃擔心受怕地退縮。
「因……因為……」星乃以小得幾乎聽不見的聲音表達訴求。「大地同學，最近根本都不來找我……電話，也不接。」
「因為我設定成拒接來電了啊。」
「為……為什麼？」
「啥？這是當然的吧？我又不認識妳。」
「嗚嗚……」星乃放低視線。換作平常我說出這種話，這個少女會氣得打我踢我，現在卻沒有要反擊的跡象，變得畏畏縮縮。是我一直不去找她，讓她強勢不起來了嗎？
看到不像星乃作風的弱勢模樣，讓我胸口頻頻刺痛。
「大地同學，你聽我說。」
星乃相信「他」是「我」，拚命對他說話。
「任務……有進展了。」
「啥？任務？」
「我的臉敢碰水了，連眼睛都敢睜開了。」

「妳在說什麼？」

「就是任務。為了當太空人而做的任務。」

「呃，不好意思在妳說得正起勁的時候潑妳冷水。」他疲憊地說了：「妳打算當太空人嗎？」

「咦？」星乃睜大眼睛。

——別說了。

「妳知道嗎？太空人可是全世界最難的職業喔。」

「可是，大地同學……說過我當得上。你說過我當得上太空人。」

星乃拚命訴說，眼眶微微泛起淚光。

「我說妳喔——」他繼續說著冷漠的話。「算了，妳要作什麼夢根本不重要，不要把我扯進去，因為這不關我的事。」

「可、可是……」

「回去。」

「可是……」

「好了，妳回去啦。」少女的肩膀被他輕輕一推。她腳步踉蹌，難以置信地眨了幾次眼睛。

我心好痛。真不知道星乃現在感受到了多麼嚴重的辜負。

「妳回去。」他冷淡地丟下這句話。星乃還想說話，但看到我態度不變，便終於死心轉過身，然後走了幾步，又回過頭來。他又揮手做出趕人的動作，她這才朝著夕陽踩著沉重的腳步走遠。她的身體很嬌小，垂頭喪氣，我只能眼睜睜看著，胸口好痛。

他看著星乃走得不見人影後，回到玄關，用力關上門。

「該死……」

接著用右手按住臉，以忿忿的聲調自言自語：

「眼睛……好痛……」

2

【電場是以向量為單位，相對地，電位是以標量為單位。今天我們就來針對這兩者的關係——】

這段期間，我也繼續讀書。

一邊播放補習班講師流暢講課的影片，一邊在參考書上畫線、解例題。雖說是以前學過的內容，對我來說已經是八年前的事，我解題的感覺幾乎和第一次學到時差不多。

但我還是不能放棄。我念書的時候，「他」不說話，我獨自默默進行這個「任務」。

我忽然放下筆，手指按停影片。

身體違背我的意思移動到廁所，然後喝了一杯水後，「他」又回到書桌前。接著又播放影片，拿起筆。「我」和「他」就這樣以奇妙的方式合作，持續過著考生生活。

這樣來得及嗎……我朝月曆瞥了一眼。似乎是因為有「他」的協助，最近我的視線也漸漸比較能夠自由活動。當然如果不是這樣，就連看教科書和影片都辦不到，但這終究是在他允許的範圍內，並不是我拿回了自己身體的控制權。而我現在雖然能夠像這樣活動，但一想到如果我在這次的模擬考未能達成「東大A判定」，也許就再也不會得到這種行動自由，就愈是不安得難以自已。即使如此，我還是相信只要能夠通過這次考驗，就一定還可以再見到星乃，於是拿起筆，翻閱課本。

——星乃……

我想起少女踩著沉重的腳步垂頭喪氣走遠的背影，就覺得胸口一陣疼痛。結果他似乎也跟我同步，按住自己的右眼。「該死……」聽得見他喃喃咒罵了一聲。

3

翌日，星乃也來了。

門鈴一響，就看到星乃站在玄關前。「他」透過對講機的畫面確認了來者是誰。

「妳來做什麼？」

『呃，呃……』

「回去啦。」

『可……可是……』

「回去。妳要是太糾纏不清，我可要叫警察了。」

『嗚嗚……』

星乃拚命呼喚：『大地同學，你聽我說。』『大地同學，呃……』但他聽不進去。少女吃了不折不扣的閉門羹，垂頭喪氣，踩著沉重的腳步走回去。她那就像幼兒進不了家門，被關在門外的落寞背影，讓我的心劇烈翻騰。只是，我束手無策，只能目送少女離開。

隔天，以及再隔天，星乃都來了。她按響門鈴，被我痛罵，然後失落，垂頭喪氣地踏上歸途。每次都讓我的胸口幾乎要撕裂。

簡直倒過來了。直到前不久，我都做著一樣的事情。幾乎每天都跑去銀河莊，按響門鈴，而星乃連門都不肯開就把我趕走。以前我所受到的待遇，現在原原本本地逆轉過來讓星乃承受。

星乃認識「我」——但「他」不認識星乃。連這個構圖都一模一樣，是多麼殘酷。

自己。

『大地同學……我們，明天見嘍？』

少女垂頭喪氣地走回去，小小的背影實在太柔弱，太令人心疼，讓我在牢獄中不能

而結束的時刻來臨了。

這一天，星乃在傍晚時分過來。

門鈴響起，他下樓梯的腳步聲明顯粗暴，一想到今天也要開始這麼一段讓星乃傷心的時間，我就坐立難安。

「…………」

他默默去接聽，甚至連話也不說，兩人之間的聯繫已經斷絕。

只是，少女即使受到這種冷漠的待遇，今天也仍然來到這裡。

來見我。

『跟你說喔，大地同學，今天啊……』

「…………」

儘管得不到回應讓她退縮，但少女仍然鼓足小小的勇氣切入正題。

『今……今天啊，就是，那……那個……』

星乃提起塑膠袋好讓我可以透過對講機畫面看見。
這塑膠袋……印有我熟悉的那家「更美味亭」的商標。
『今天啊，我做任務好努力呢。這便當，我是自己一個人去買來的耶。』
太棒啦！太棒啦，星乃！我很想這樣稱讚她，想好好慰勞她的努力。那個繭居族少女畏畏縮縮，卻還是在便當店阿姨面前拚命點便當的情景歷歷在目。那個討厭人類的少女不是心不甘情不願地被我拉去，而且自己一個人，隻身一人，努力做到了。我好想稱讚她。
可是，這對「他」說不通。
「所以呢？」
冰冷的話語像尖刀，從喉嚨射出。
「所以妳到這年紀，連一個便當都不會買？」
『嗚……』
少女皺起臉。
我心好痛。看不下去。
別說了，不要再傷害星乃柔弱的心了。
『所、所以啊——』
但少女不氣餒，繼續說話。

『我、我就想說，要和大地同學……一起吃。』少女拚命提起塑膠袋。

結果聽到喀啦一聲響。是他──開門的聲響。

「大地同學……」

星乃一瞬間笑逐顏開，臉上煥發出終於等到他開門的喜悅。

但這份喜悅在下一瞬間就遭到辜負。

「就說妳這是在找麻煩了！」

啪的一聲，他往星乃手上的塑膠袋一拍。「啊！」當星乃驚呼，塑膠袋已經從她手上掉落，開口朝下，便當摔在腳邊。

「啊，啊，啊……！」

便當翻倒，因墜落的衝擊而翻開盒蓋，裡面的飯菜都倒了出來。炸蝦的尾巴從容器跳出來，沾滿了沙土。「啊……」他也伸出手，哪怕只有短短一瞬間，仍表露出後悔的舉止。也許他本來無意做到這個地步，但結果慘不忍睹。

「蝦、蝦、蝦子……啊！」星乃腦子一團亂地當場蹲下。她用手去把跳出來的炸蝦掃到一起，拚命想放回容器，但炸蝦已經像倒掉的剩飯一樣沾滿塵土，讓她掃到一半就開始嗚咽。

「嗚嗚～～」

「都……都是妳不好。」

他丟下這句話，就要關上門。
「等……等一下！」
星乃朝門伸出手，叫住他。她是蹲著伸出手，所以身體要跌倒似的往前傾斜。
「大地同學，這個。」
「啊？」
「這個。」
這時少女寶貝地用雙手舉起了一樣「東西」。那是一張小小的紙片，起初看上去像是發票，但仔細一看，是那印著細小字體的優惠券。
啊……！
平野大地券。
星乃手上拿著的，是我給她的「平野大地券」。是之前我為了把Space Write到過去星乃叫回來，做出來的一張小小的紙片——卻是維繫我們兩人關係的重要物品。
「這個，平野大地券。」星乃拚命訴說：「你說，我用這個，你就會每天來。」
「啥？」
他接下星乃遞出的紙片。

「這種東西算什麼?」

說著隨手丟開。

「啊啊……!」

星乃跪下來,趕緊撿起平野大地券。她的手、肩膀與身體都不斷發抖,接著,突然變得安靜。

星乃……?

水珠一滴滴落在手掌上。

「大地,同學……」

星乃維持跪地的姿勢,眼淚從雙眼滴落,一張嘴開開合合。

「蔬菜……」

咦?

「蔬菜,我會努力,吃的……」我愕然聽著;「他」默默看著。「青椒,我也會,好好吃的……」

接著星乃懇求。

「所以,所以……」

我再也看不下去了。

看看你做的好事。我看著少女手上象徵回憶的東西,快要被憤怒與懊惱逼瘋了。

這世上有這麼過分的事嗎？當星乃的——當這個繭居少女的唯一的朋友，答應每天要來找她，好不容易才讓她卸下心防，現在卻這樣對她。不只是對她冷漠，而是贏得她的信賴之後翻臉不認人。這種冷酷的行為就像先讓對方敞開心胸，然後穿著髒髒的鞋子踐踏最柔軟的部分。

「……回去。」他只丟下這麼一句話，關上了門。

門外傳來啜泣聲，接著，聽見少女拖著腳似的漸行漸遠的聲音。

翌日，星乃沒再來了。

4

模擬考當天到了。

我搖搖晃晃地踏進考場所在地——位於市內的月見野科學大學校地，在一間格外大間，座位開始慢慢坐滿的大教室的桌前，翻著英文單字手冊。連日近乎熬夜的考前準備，讓我在身心兩方面都已經達到極限。在一個鬆懈就會昏睡過去的狀態下，拚命翻閱單字手冊，但視野變得模糊，根本不知道有沒有體力撐到考完。

——蔬菜，我會努力，吃的……

一想起星乃，就覺得胸口都快要脹破了。可是，現在我只能先按捺住這份心情，像隻飢餓的野獸一樣翻閱單字手冊，哪怕只差百分之〇．一的可能性，也要盡力去提升。

像這樣熱衷用功讀書，肯定是我這輩子第一次。

考試開始前，我拿起營養飲料直往胃裡灌，就覺得漸漸清醒了幾分。雖然不知道我一天已經喝了幾罐，但「他」乖乖照我的要求做。從這個角度來看，我一直覺得這場對決是「公平」的。因此，今天是一場不能輸的對決。

連日用功讀書讓我抓回了幾成感覺。從我Space Write過來之後，本來也就至少會為了應考而讀書，而且在班上也讓成績維持在比較前面的名次，對於短期專注和抓重點也有自信。總之就先概略看過出題範圍，穿插安排拿手範圍與弱點來調劑，並將重點放在整個先看完一遍。也由於我為了教涼介功課，從平常就有翻看教科書和課本，也就並非完全沒基礎，就我自己的感覺，至少是做好了最低限度必須做的準備。

「那麼——開始作答！」

然而，現實沒這麼簡單。

唔……從第一科考的英語就讓我陷入苦戰。與其說模擬考的題目水準高，不如說「東大A判定」讓我太有壓力。愈想著一題都不能失誤，就愈覺得題目比平常難。什麼答案正確，什麼答案不正確？光是第一科就讓我費了九牛二虎之力。我癱軟地度過了午餐休息時間後，下一科的數學更讓我陷入苦戰，讓我痛切體認到事實。

——我辦不到。

面對完全找不出解法的題目，讓我大感頭痛。其他考生流暢地發出鉛筆書寫的聲響，順利地解決問題。這簡直和我當初不自量力去考，結果完全不是對手的那場私立國中入學考一樣。一個不知天高地厚的井底之蛙，自以為有本事而去到大海，結果只能束手無策地溺死。

我太看得起自己了。面對自己完全應付不來的考題，我的筆脫手落下。「他」撿起筆，但我無法活動這隻手。我解不開這題目。不只是讀書的時間不夠，程度本身就和我第一輪時去考的那種偏差值「ＣＰ值高」的大學完全不一樣。

鐘聲響起。

到了只剩最後一科的國語時，我已經有了確信。

我落榜了。

如果這是正式考試，就是遭到淘汰。模擬考則是Ｅ判定。我已經知道會有這樣的結果了。即使下一科的國語拿到滿分，應該也推翻不了這個結果。至少東大Ａ判定是不可能的。

「他」靜靜站起，和其他考生一起排隊上廁所。

我失敗了——這件事讓我的氣力已經有如風中殘燭。我腳步踉蹌，周遭的考生狐疑地看著我。連日睡眠不足，加上今天的耗損，以及糟糕透頂的考試結果，讓我甚至已經漸漸不知道自己是為了什麼而待在這裡。

事情發生在我上完廁所，回考場的途中。

我被樓梯絆了一跤，失去平衡的瞬間。

啊……

手機從口袋跳出去，飛到空中——

我倒下了。

○

——！

我驚覺不對，睜開眼睛。

往四周一看，這裡是走廊。

——對了，我在樓梯，跌倒……

我站起來，看向四周。走廊上一個人都沒有。

糟糕，下個科目要開始考了。得趕快……想歸想，我的腳卻不動。就像腳黏在走廊的地磚上紮了根，拒絕進行下一步行動。

截至目前為止，所有科目都慘敗，而最後一科多半會遲到。在這種絕望的狀況下再去考剩下的科目，真的還有意義嗎？

沒錯，我不是早就知道了嗎？我是凡人，是一般人，沒有才能。所以這樣的我，說什麼夢想是當太空人這種大言不慚的話——

就在這個時候。

「——嗨。」

突然聽見有人說話，我心臟猛一跳。回頭一看，站在那兒的是——

貝雷帽少女。

「妳怎麼會……」

我心想奇怪。剛剛我顯然是照自己的意思開口說了話，而且手腳也能正常照自己的意思活動。

「啊……」

「不用擔心，『第一輪』躲起來了。只有現在。」

貝雷帽少女「伊緒」靜靜地微笑，視線往外一瞥。窗外的遠方有著一整片不可思議的光景。考生們一動也不動，走在隔壁校舍走廊上的主考官一直靜止不動。一切都停住的世界——「時間停住的世界」。

「……是妳做的嗎？」

「別說這些了，倒是你的考試，已經不考了嗎？」

少女興高采烈地對我說話。

「這……」

我不由得撇開視線。

「考試只剩一科。不是正要最後衝刺嗎？」

「呃，可是……」

我不明白伊緒的意圖。對這個少女而言，我的模擬考有著什麼樣的意義呢？

「這種模擬考，已經沒有意義——你是這樣想的嗎？」

「…………」

我被看透，但已經不吃驚。只是，我想不通這個魔物少女有什麼理由關心這種模擬考的成敗。

「平野同學，你有一點誤會。」

也不知道是什麼時候撿起的，只見少女用指尖轉著我的手機玩。

「人生的『分歧點』，其實不是那麼大不了的情形。並非是生或死的選擇、重要對象的性命、世界的命運這類終極的選擇。幾乎所有的分歧點都平平凡凡，是乍看之下十分無趣的日常當中的一環。每天的一點點努力、發現、堅持、放棄、怠惰，以及CP值——人就是以這樣的判斷基準，一點一滴累積選擇，人生就是在這樣的過程中決定、改變、結束。」

「可是，這個考試，已經——」

「你不想當彌彥流一那樣的太空人嗎？」

「——！」

我萬萬沒想到會從這名少女口中聽到這個名字。

「你說自己是凡人，是一般人，但彌彥流一起初也一樣是一般人。你看過他的小檔案嗎？他家裡窮，苦學上高中，大學也因為家庭因素重考了兩次。這種地方你有好好看清楚嗎？」

「這……」

「你說自己沒有才能，但你錯了。你最低估的並不是自己的才能，而是『別人的努力』。」

「別人的，努力……」

「你動不動就用才能論定，但真正在追夢的人比你努力很多倍。你就是沒好好看到別人背地裡的努力，才會動輒就想用才能這個字眼認定結果。」

「可是，有沒有才能差別很大吧？不只功課，像運動也是，其他什麼事都是……」

「天野河星乃不敢吃青椒，可是你敢吃。」

「咦？」

「天野河星乃不敢把臉泡進臉盆，但你能夠正常游泳。」

為什麼現在會提起星乃？

「天野河星乃討厭人類，沒辦法好好跟別人說話，但你可以正常和別人說話……還要嗎？她試圖用努力來彌補自己不足的地方。在離她最近的地方一直看著她這樣一路走來的你，應該最清楚不過。」

「可是……」就算是這樣，星乃仍然是天才。即使不會游泳，即使不敢吃青菜，她優秀的頭腦仍然足以蓋過這些缺點而有餘。但我不一樣。

「『可以拿才能當藉口的，就只有比有才能的人更努力的人』。」

伊緒這麼斷定。

但我說什麼都無法信服。

「可是，就算做出等量的努力，有才能的人效率還是比沒有才能的人好吧？這樣不是很不公平嗎？」

「效率好，是這麼不公平？」

「不是嗎？因為做了等量的努力，能得到更多成果，絕對——」

「『CP值比較高』？」
啊……被她搶先答出來，我才發現——
CP值。
沒錯。到頭來，我每次都在同一個地方著地。
「平野大地同學。」
伊緒不改臉上的笑容說下去：
「你自己嘆息說你沒有才能，但這沒什麼大不了的，你缺乏的不是才能，而是一點點的『自信』。」
「我沒有才能，所以又怎麼可能會有自信？」
「才能往往是成功者的結果論，而這結果是透過每天腳踏實地的努力形成。有道是千里之行始於足下，對吧？」
「那是理想論。就算腳踏實地一天走一步，要走上千里可得花上一萬年耶。人生會先結束吧。」
每次我都被說得回不了嘴，但這次不一樣。
伊緒錯了。因為用「夢想會實現」、「努力會得到回報」這樣的漂亮話，無法打動人。至少我就聽不進去。不管是功課還是運動，就算努力也完全追不上有才能的人，這些年來這樣的情形我見多了。生來腳程就快的傢伙都領先很遠很遠了，現在才要努力追上去，這又不是龜兔賽跑的童話，不可能實現的。無論烏龜多麼努力，只要兔子不鬆懈，就絕對追不上。這才是現實。

「龜兔賽跑啊。原來如此，也許你說得對。」

心思又被看穿了，但這已經不重要。

「就算是烏龜，只要腳踏實地努力不就好了？說不定有一天會追上兔子。」

「這是強人所難。」

「可是，不努力的烏龜不是會變得更差嗎？」

「所以我叫妳不要強人所難。烏龜也不是笨蛋。如果不管怎麼努力，差距都只會愈拉愈遠，就算不是烏龜也會失去衝勁吧。」

「不伴隨結果，就不會有衝勁？」

「這是當然吧？」

「也對，是當然的。」這時伊緒難得同意了。「人類很難持續不伴隨結果的努力。心理上這是當然的。」

結論出來了。

這結論很悲觀，但最能讓我信服。既然努力也做不出結果，努力的意欲當然也會被削減。如果有人精神力強得即使如此也能努力，可以說這本身就已經是一種才能。身為一般人的我，做不到這種超人般的努力。就像人可以重考大學一兩年，但沒有人可以為重考花上十年、二十年，人沒有辦法堅強得對於做不出結果的事情，仍然無止盡地持續努力，而且人生也沒有這麼長。

如果等到夢碎，年紀大了……到了那個時候什麼都沒留下，那就只剩下絕望了。這不是CP值觀念云云，而是只要真實地去思考人生，就會正常得出這樣的結論。

「盛田伊萬里曾說，人生跟遊戲很像。」

「咦？」

──我覺得遊戲這種東西，跟人生很像。

這句話出乎我的意料。事到如今，我已經不會為這個少女的各種超常的能力吃驚，但為什麼會提到伊萬里？

「那句話說得很妙，因為我也喜歡RPG。你還記得嗎？」

「……不就是經驗值的比喻嗎？」

──人生中不管成功還是失敗，都會得到經驗值。

少女曾經這麼說過。當時我的確受到這句話鼓勵，但現在不一樣。

有些領域是即使累積經驗值也到不了的。夢想的難度太高，就會變成花上一輩子也到不了的終點。

「即使累積經驗值，到頭來還是到不了終點。你就是忍不住會這麼想，結果一步也踏不出去。這是為什麼呢？」

「哪還有為什麼……」想也知道。「終點太遠，不就會提不起勁嗎？」

「那你只要接近終點就好了。」

「啥？」

「我剛剛也說過，你欠缺的不是才能，而是那麼一點點的『自信』。而自信是透過『成功體驗』的積累而產生。」

這種事我也知道。

問題不在這裡。

「反過來說，一再失敗，不就會失去自信嗎？」

「對啊。可是，這要看『成功』和『失敗』的定義。」

「定義？」

「如果把人生比喻成遊戲——」少女又提起同樣的比喻。「你現在是個等級很低的勇者，因為打不倒非常非常強大的最終頭目而放棄。」

最終頭目。這句話意味著什麼，我當然懂。

就是夢想。

「可是啊，你在玩RPG的時候，不會在等級1就去挑戰最終頭目吧？這是為什麼呢？」

「那還用說？因為會輸啊。」

而且等級1根本就沒辦法去挑戰最終頭目。

「即使知道會打輸，你還是會繼續玩遊戲。這是為什麼？」

「不，只要提升等級，遲早打得贏吧？」

「就算提升等級，也不見得就打得倒最終頭目吧？」

「打得倒。因為那是遊戲，就是會設計成提升等級後一定能打倒——」

「就是這裡。」

伊緒有點搶話地說了。

「提升等級就一定能打倒——所以你們會去提升等級。」

「咦？」

「從很久以前就有的名作RPG真的設計得非常好呢。只要不斷升級，就會讓玩家確切感受到自己離破關愈來愈近。而且，等級低的時候需要的經驗值也少。等級會不斷提升，所以玩家能夠切身感受到自己的成長，結果就是提得起勁去升到下一級——會湧起衝勁。」

她想說什麼？

「人這種生物，只要感受到自己在成長（升級），就會湧起衝勁。」

「……這是當然的吧？」

雖然覺得這還用妳說，但少女仍繼續敘述她的理論。

「你主張自己沒有才能，敵不過有才能的人，放棄努力，但重要的不是這裡。我再說一次，你需要的就是那麼一點點的自信。」

「我就是沒有這『自信』，要我說幾次——」

「只要一點點就好。」

少女指尖微微分開，用手勢表達「一點點」。

「只要努力那麼一點點就好。然後，把這一點點努力，重複一點點。這樣一來，等級就會上升一點點。」

少女反覆說著「一點點」。

「你就是因為一開始就想升到滿級的99級，才會失去衝勁，失去自信。等級只要一級一級慢慢提升就好，經驗值只要一點點就好。」

「可是，就算這樣努力一點點……」

「你不需要信服。可是，要試著去做。就當作是被騙，想著『管他的！』豁出去試試看。可是，只要一點點就好。」

少女再次做出同樣的手勢。

「可是，只有『一點點』，終究到不了『夢想』。」

夢想。我不知不覺間說出了口。

「這『一點點』雖然是『一點點』，但不只是『一點點』。」

「啥？」

我莫名其妙。

「用考試來說，不必立下什麼一天要念書幾小時這種宏大的目標，不必規定一天要記十個英文單字這種吃力的進度。要做的是『一點點』，做自己覺得辦得到，覺得『這點程度的話做做看也無妨』的事情。」

少女說得簡直像是要我妥協。

「人類的視野，很像樓梯轉角的平台。就算只是一點點，爬上這一點點才能看見比平台更高處的光景。就像不通過第一關，第二關也就不會出現的遊戲一樣；又或者像是點擊畫面才會顯示下一個畫面的遊戲一樣，只是用手指碰那麼一下，畫面──視野就會改變。」

少女用指尖輕輕戳了戳我的手機。畫面有了反應而亮起。

「持續做這一點點，很快地，等級提升一點點的瞬間就會來臨。因為只努力了一點點，升級也就只有那麼一點點。可是啊，從1級升上2級，玩家就自然而然會在腦中想像接著升上3級的路程。然後再繼續玩一點點，就變成了等級3。這樣一來就如魚得水了。距離升上99級所需的經驗，和等級1的時候幾乎沒什麼兩樣，但就是會覺得99級意外地近──產生一點點『我也辦得到』的『自信』。」

總覺得聽過類似的說法。

然而，伊緒滿懷確信地斷定。

「天野河星乃，把鼻尖泡進了臉盆『一點點』。」

聽她提起星乃作為對比，我心中就浮現星乃的笑容。少女用走的穿越游泳池後那充滿成就感的表情。

那——

是她感受到自己的升級嗎？

「『「一點點」，就是一切的關鍵』。」

伊緒用不變的語氣反覆說著。

「『一點點』會改變你；這『一點點』會讓視野改變；這『一點點』會通往下一個『一點點』，然後讓等級提升『一點點』。這樣一來，你就會開始意識到距離下次升級的『一點點』。」

一點點這個字眼被她一再反覆說出來，讓我想起伊萬里的「管他的！」。

「不必用現在的自己去硬拚。可是，只要努力『一點點』，你自己的視野就會因此改變。好了——」

她把我的手機輕飄飄地拋上空中。

「你要去點擊一點點，點出下一個畫面。這樣就會讓視野不一樣。」

不可思議的是手機浮在空中，輕飄飄地在空中劃出弧線。

「考試只剩一科。所以——」

手機緩緩地被地球的重力往下拉。

時間——

要不要試著努力一點點？

動了起來。

「唔哇——」我突然看見地板，然後臉上一陣劇痛。我當場倒地。到剛才還浮在空中的手機彈跳幾下——

「同學，你還好嗎！」

看似工作人員的男性從遠方跑來。

「咦，是，我沒事……的。」我在工作人員的攙扶下站起。

這時我發現了。

「啊……」

「會動」。

無論是手、腳，還是嘴，全都會動。先前被「第一輪」搶走的身體控制權，現在已經恢復原狀。

——要不要試著努力一點點？

我想起伊緒的話。

「一點點……」

這句話實際說出口，會令人有一點點難為情，顯得稚氣。

詳細情形我不清楚，更不會知道那個少女的真意。

然而，只要小小——不，只要一點點——

「我沒事，可以自己走。」

我撿起手機，然後關掉電源。

——天野河星乃，把鼻尖泡進了臉盆「一點點」。

伊緒的話掠過腦海。

星乃一直在努力。她不逃避自己不拿手的事，拚命去面對。沒錯，她也是拿出勇氣在努力。

我在走廊上走著，預備鈴聲響起。

於是我——

開始了最後一戰。

5

幾天後。

我在家裡的書桌前等待「結果」。

「……差不多了吧。」

「他」靜靜地說完，在筆記型電腦的搜尋欄打上「川井補習班　全國模擬考」這樣的關鍵字。打開顯示出來的補習班特設網頁後——

【業界最速！快速計分】。

顯示出這麼一個單元。

「呃～～名字是『平野大地』，考生號碼是『T17B08201』……」

「他」在登入畫面上靜靜地輸入姓名與考生號碼。考試基本上是以劃記答案卡的方式進行，所以如果只看快報數值，立刻就能察看分數，就是這個模擬考的賣點。多半也正因為這樣，「他」才會選擇這個模擬考吧。

為的是趕快讓「我」閉嘴。

——唔唔……

我以絕望的心情等待結果發表。我顯然考得很差，以近乎等候死刑執行的心情看著他捲動的畫面。

接著——

【第一志願　東大—理科Ⅰ】判定「E」

——唔……

這實實在在是可以預測的落敗。我考得那麼差，不可能碰巧拿到什麼A判定。

完了——這樣的念頭隨著落敗感，漸漸占據我的心。

接下來我會怎麼樣呢？我該怎麼辦才好呢？正當我沮喪得昏天暗地——

「喂，這個……」

這時他發出了像是吃驚的聲音。畫面上顯示「各科目」的考試結果。不管哪個科目都是滿江紅，慘不忍睹——

咦？

【國語】98／100　偏差值75．1　排名　36名／10852人中

一瞬間，我還以為自己看錯了。然而，上面確實有著「98」這個數字。

「偏差值75……」

他驚愕地喃喃說著。

國語是最後一科。沒錯，就是我一度在樓梯間跌倒，接著那個貝雷帽少女出現，然後——

——要不要試著努力一點點？

她對我說出這句話之後，我去考的最後一科。

我得高分是有理由的。最重要的理由，就是漢文部分所出的題目正好和我教涼介的文章相同。另外，這一週來我解的題目當中也有不少類似的題型。所以漢文部分我得以用高出水準幾成的狀態答題，這樣一來也就能縮短時間，可以花更多時間在其他題目上。像這樣把空出來的時間拿去仔細解答現代文的題目，古文則是我靠直覺劃記的題目命中率都相當高。

坦白說，是運氣好。涼介在下課時間和放學後纏著我問的題目，對我來說也都變成了在用功溫習——就是這樣的命運惡作劇。只是倒也並非全出於幸運，同時也是這一週

來的努力起到了最後臨門一腳的作用，才會有這樣的結果。

「全國第36名……」

他這麼喃喃自語，直盯著結果。

第一輪的時候，我也不曾在這類模擬考中排名這麼前面。在超過一萬名的考生當中，「第36名」這個數字非常有震撼力。

而考試結果的評語欄是這樣寫的。

【整體來說，學力大大不足——】

之後還多了這麼一句。

【但國語充分達到考上志願學校所需水準。】

○

面對模擬考的結果，「我們兩人」都沉默了良久。

先開口的人是他。

「這種東西……」

他的聲調像是忿忿不平，聽起來卻又有幾分像是掩飾不住不安。

「想也知道是碰巧……」

【可是　國語很好】。

「這……」

他說到這裡就住口了。大概是想要時間整理心情，他反覆看了幾次模擬考的結果，不時捲動畫面查看平均分數等等，然後——

他喃喃開了口：

「——你的努力，我承認。」

這句話出乎我的意料。

「你這一週很努力，這我知道。你廢寢忘食，拚了命讀書，最後還搞垮身體昏倒……讓我覺得簡直像個白痴，可是……」

聲音愈說愈小。

「你非常努力，只有這點，我承認。」

【那麼】。

「可是，就只有這樣。」他打斷我的話，用很快的速度說：「『你』本來就是『我』，所以你的頭腦不是那麼差，又很會抓重點，這些我也都知道。而且，國語本來就是起伏很大的科目，只要碰到自己擅長的部分，這種程度的幸運是有可能發生的。所以冷靜一想，這結果並不是那麼驚人。」

聽他這麼一說就覺得的確如此。我無法反駁。

「我最意外的是——」

他說到這裡，聲音變大了些。

「也不想想你是平野大地，卻這麼努力。」

【？】

我打上問號，他就靜靜地說明。

「我對自己，當然懂。」他的口氣是前所未有地平靜。「我——平野大地，對任何事情都沒辦法熱衷，總是玩世不恭，然後，考試也不曾這麼努力用功過……比起拚命努力以拿下一百分為目標，我會選擇以適度的努力拿到八十分。我一直是這麼活到今天——正因為這樣，我才懂。懂得『你』是多麼打破自己的殼，多麼努力。你的努力還有毅力，我懂。因為，『我』就是『你』。」

我沒想到他會這麼說。

沒想到能讓先前一直敵視我的他這樣肯定我。

「為什麼……」

他沒自信地問了。

「能夠這麼努力……也不想想你是平野大地。」

有東西漸漸改變了。我與他之間正建立起一種不是無視，也不是敵視，和先前不同的關係。

我該說什麼才好？

該怎麼回答才好？

【聽我說】。

我一敲打鍵盤，不可思議地，話語就流暢地冒出來。

【CP值】。

「CP值？」

我把想告訴他的話原原本本地打出來。

【CP值人生　已經　行不通】。

打得斷斷續續，簡直像幼兒在表達自己的訴求。

「你說的CP值人生……是什麼意思？」

【CP值　不好的事情　就不去做的　人生】。

「CP值很重要吧？」

要怎麼說才能讓他明白呢？我將話語像念珠似的串起。

【不拚命努力的　人生】。

【害怕失敗的　人生】。

【不做　無謂努力的　人生】。

我猶豫了一會兒，最後還是打上這句話。

【沒有夢想的　人生】。

「啊啊……原來如此，我知道了。」

他似乎聽懂了，應了一聲：「是這麼回事啊？」

「像是伊萬里要去留學，還有宇野想當偶像明星，你就是要我別看不起這些吧？」

【對】。

「也是要我支持涼介考醫學系？」

【對】。

我打鍵盤的手變快了。太好了，他懂了。是因為他吸收快，還是因為他就是我呢？

「——可是啊……」

第一輪的平野大地開始反駁。

「努力了半天，拚了半天……如果到最後卻失敗，CP值不是很差嗎？」

【不是】。

「哪裡不是了？」

【不是　失敗】我竭盡所能把我至今學到的話列出來。【失敗是　經驗值】。

「經驗值？」

【透過失敗　人才會　成長】。

「別說得好像你多懂。」他撂下這句話。「一旦失敗，哪還有什麼人生可言。夢想就是要實現才會光鮮亮麗。」

【這】。

「你內心深處不也這麼想嗎？」

【這】。

我的手指停住。

沒錯，「他」說的話更有道理——至少在「我」心中，這是最能讓我認同的說法，也最接近「我」的想法。

我只追求CP值，搞砸了「第一輪」的人生。可是，我也不敢在這「第二輪」展開追夢的人生。我害怕失敗。

「剛才我也說過了，『你』在這次的模擬考非常努力，這點我承認。雖然結果是E判定，但在國語這一科，我覺得你真的做得很漂亮。這是你努力的結果，這我也明白……可是——」

他微微低下頭。

「像這樣拚了命，咬緊牙關努力，硬撐住……要是這樣還失敗，不就最難受了嗎？

要是自己都那麼努力，還被有才能的人輕鬆超越過去，就再也振作不起來了吧。」

我沒說話。比起反駁，現在我只想好好聽他說。

「能夠相信自己有才能的人當然好了。」

剛才那種責備的語氣消失，他轉而以失去戰意的聲調說：

「可是，我不一樣……我沒辦法認為自己有才能，也不認為自己有辦法和有才能的人對抗，還贏過對方。我自己了解自己，我知道自己『有幾兩重』。」

有幾兩重——記得以前有個政治家用過這個字眼，惹來了許多爭議。知道自己有幾兩重的志願，知道自己有幾兩重的人生。這句話意味的是——

「我不一樣。我和彌彥流一，和天野河詩緒梨，都不一樣。那些厲害的人是才能的結晶，我雖然崇拜他們，但就只是崇拜……他們和我不一樣，是另一個世界的人。我們站的地方本來就不一樣。」

他帶著像是看著遠方的眼神——卻又是從我遇到「他」以來最溫和的眼神，說出了這句話。

「彌彥對我而言，是遙不可及的『明星（Star）』……」

——對我來說，這個人——

以前宇野說過，她崇拜的人是「遙不可及的明星」。

「所以啊……」

這時我發現了，他的身體不停顫抖。

「不要事到如今才說。」臉被雙手遮住。「我好不容易才總算……放下了……」

這是「他」——也是「我」內心深處的心情。

「不要又叫我，懷抱夢想啊——」

其實，我早就知道了。

星乃朝著夢想努力的時候；涼介用功讀書的時候；伊萬里談起留學的時候；看到宇野努力上課的時候，都是這樣。

不管什麼時候，「那個東西」都在我內心深處隱隱作痛。「那個東西」是痛楚，是舊傷，是應該在很久很久以前就深深沉進水裡，卻又不知不覺間浮上來，從內側燒灼我胸口的棘手的怪物。

一種叫作夢想的怪物。

而「沒有才能」這個藉口，就是用來把這種叫作夢想的怪物五花大綁，加以封印的鎖鍊。自己沒有才能——所以放棄夢想；他有才能——所以是跟我不同世界的人。像這樣劃分開來，沒錯，就像「他」所說，「那」是「明星」，耀眼、令人崇拜，但伸手絕對搆不著的事物。所以只要抬頭看著就夠了，伸手去抓這種事只能做到孩童時代。這些年來，我一直這樣告訴自己。

如果只看形式，是我輸了。

無論模擬考的結果還是辯論的優劣，一切都是我輸。然而理應贏了的「他」卻雙手遮住臉，粗暴地抓住瀏海，一點都沒有勝利者的樣子。而我也不可能是勝利者，就像平手的哨聲響起，敵我方都確定將從預賽的循環賽中遭到淘汰的運動選手，沉默與無力感籠罩著我們兩人。不知不覺間，畫面的螢幕保護程式已經啟動，插畫中輕飄飄浮在太空的人造衛星就像無處可去的感情一樣，左右碰撞，搖來搖去。

就在連這些人造衛星都消失，畫面完全被封鎖在黑暗中的時候。

手機響了。

轉頭看去，畫面上顯示「未顯示號碼」的字樣。我沒心情接，但「他」似乎不一樣，拿起手機按下通話鈕。

打電話來的人是——

『——嗨。』

一接起來的瞬間，我就明白聽了出來。

這……這嗓音是……！

『模擬考的結果如何呢？』

「啥？等等，妳是誰……？」

他狐疑地回答。沒錯，在這個世界，「他」還不認識伊緒。

少女就像在以他的這種反應為樂——

『是我啊，是我。不記得了嗎？』

「我？」

『什麼啦？你忘記了？也沒辦法，「就是會這樣嘛」。』

伊緒說著這句讓我覺得似乎聽過的台詞，嘻嘻笑了幾聲。

『算了，沒關係。因為現在重要的不是過去，是未來嘛。最後一科，你似乎試著努力了「一點點」，所以我要送你一個小小的禮物。』

——禮物？

正當我和他一起對這句話的意思產生疑問——

『說來這大概算是「星際通訊」吧——改天見啦。』

通話就在這時掛斷了。

「什麼東西……？」

星際通訊？

他歪頭看向手機。連認識伊緒的我都聽不懂意思，對他來說，想必只覺得是一通惡作劇電話吧。

只是，「禮物」確實送到了。

【NO TITLE】。

一封有著這個標題的郵件伴隨來信通知聲傳到了手機。點開通知，打開郵件一看，裡頭附了一個檔案。

「垃圾郵件……？」

他正要刪除，我卻靈光一閃。

我勉強動起右手，讓休眠的畫面再度顯示出小鍵盤。

【ㄅ等】。

我太急，打錯字。

「怎麼回事？」

【打開】。

「啥？」

【打ㄎ開　檔案】。

我又打錯字，但仍送出我的訊息。

照常理來想，不會打開這種可疑郵件。然而，剛才伊緒打電話來，確實這麼說過。

——我要送你一個小小的禮物。

「要是中了病毒怎麼辦啦……」

他發著牢騷，仍點選郵件所附的檔案。

過了一會兒。

「嗯……這是什麼東西？」

顯示在手機畫面上的是一個APP。

【TS】。

這個畫成耳機的圖示上有著「TS」的字樣。是寄件人的名字縮寫，還是APP的名稱呢？

他儘管狐疑，還是點選了圖示。結果這縮寫的意思明明白白地顯示在畫面上。

【Tachyon-Sceiver】

這……！

這兩個單字讓我嚇了一跳。這是能夠連接過去與未來的星乃的發明物名稱——超光子通訊機(Tachyon-Sceiver)。

【接通】。

「咦?」

【PC　手機　接通】。

「你說接通，是要怎麼……」

【傳輸線　快點】。

我這麼一催，他嘴上抱怨：「到底在搞什麼……」但仍在書桌抽屜中翻找一陣，拿出了USB傳輸線。

把手機和電腦接上後，就自動開始進行某種程序。不知道是安裝還是下載，畫面上有藍色的流星劃出發光的圓圈，開始旋轉。

等了大概三分鐘吧。

隨後畫面切換，轉移到別的頁面。

「tube……?」

畫面上顯示出知名的大型影片網站。

我心想沒頭沒腦在搞什麼，注視畫面。

「「咦……?」」

我內心的呼聲和他的聲音同步。

目光無法從上面顯示的影片名稱——「節目名稱」上移開。

這是怎樣……？為什麼會跑出這個？

這場直播的標題確實寫著這樣幾個字。

【彌彥頻道】。

6

起初我還以為是弄錯了。

彌彥頻道在主持人彌彥流一意外死亡後，當然已經結束，事到如今不可能再播出新的集數。所以我還以為是不小心點到書籤中的節目網址，又或者是點到了貼有連結的橫幅廣告——結果湊巧顯示出節目的頁面。我是這麼想的。

然而，查看網站一會兒，就知道這是誤會。

【離現場直播開始還有00:02:38】。

上面顯示著距離節目開始的倒數讀秒，數字一分一秒在減少。網站上標明了JAXA

presents「彌彥頻道（第36集）」，顯然是現場直播的形式。

——為什麼彌彥頻道會播出新的集數……

如果這不是彌彥頻道，而是其他太空人的節目，那就可以理解。待在ＩＳＳ上的太空人對地球的觀眾提供畫面，這樣的情形很常見。如果是這樣，就沒有任何不自然之處。又或者，如果是將這些節目的集數封存，播放以前播過的彌彥頻道集數，那我也可以理解，但網站上就是寫著「現場直播」。既然是現場直播，彌彥流一已經過世，就不可能是「現場」。

——是追悼節目？不，就時期而言也說不通……

我仍無法理解狀況，只有時間不斷經過。倒數讀秒剩下不到一分鐘，然後是三十秒、二十秒、十秒、五、四、三、二、一——

節目開始。

『好的，大家好～～！幸會，午安～～又到了彌彥頻道的時間。由我彌彥流一從ＩＳＳ為各位主持。』

「啊啊……」

坐在畫面前的「他」發出令人分不出是感嘆還是驚愕的聲音。

彌彥流一——ＪＡＸＡ的太空人，也是天才工程師。無論對「我」還是對「他」來說，都是兒童時代的超級英雄。這個人就在畫面中說話。

這……真的是彌彥嗎？

說是現場直播，但實在令人難以置信。彌彥已經死了，早在距今八年前，西元二〇一〇年，他就在一次太空任務的不幸意外中過世，所以畫面上的人不可能是彌彥。至少不可能是即時的畫面，而是故人生前留下的畫面。我只能這樣理解。

『呃～首先我們從第一張明信片看起。今天是東京都的田村耕一郎同學寄來的明信片——』彌彥流暢地開始主持。現場直播中的字樣仍未修正，如果真是如此，那就是「由死者進行的現場直播」。絕對不可能。

該不會……

【Tachyon-Sceiver】。

我想起了剛才看見的APP名稱。那是連接過去與未來的通訊器。

不可能，沒有可能會這樣。我這樣說服自己，心跳卻愈來愈快。一種分不出是不安還是興奮，像是想喊出來，又像想悶在心裡的莫名情緒張力。

我始終無法理解眼前的光景，節目繼續進行，到下一個單元。

『好的，接下來我們要即時撥打電話給寄明信片來的各位小朋友，也就是「ISS告訴我」單元。呃～筑波太空中心的長叔！』

畫面角落顯示出一個小小的視窗，拍到一個年約半百的管制官。長叔——管制官長野德次郎也是這個節目的熟面孔，有時也會由真理亞代替他上場。

「那麼，我們來決定今天抽中直播對談的幸運兒。呃～～嘿咻。」

長野管制官從裝著大量明信片的透明盒子裡抽出一張明信片。我也從小就常看這個抽獎單元，抽中的小朋友會接到彌彥流一打來的電話，就能在節目中跟他談話。當時的我每次都看著抽獎，羨慕抽中的小孩。

咦，記得……

我也寄過明信片去應徵。我寄了很多次，然後有一集奇蹟般地抽中我，但那時候我去參加親戚的喪葬法事，沒辦法接電話——那是第幾集來著？

「好的，我們抽出幸運兒了！」

長野德次郎笑咪咪地宣告。

「今天的幸運兒是，×縣月見野市的——」

聽到他說出的名字，我心臟猛一跳。

「平野大地同學！」

——！

被叫到名字，椅子猛然碰響，讓我感受到「他」的動搖。我當然也嚇了一跳。

『好的，第三十六集的直播對談幸運兒，確定是「平野大地」同學！』彌彥一邊拍手一邊說：『呃～～那我馬上打電話。電話號碼是……啊，來了來了。』

彌彥查看手邊的螢幕，並且操作自己的手機。

沒錯，有過這麼回事……我總算想起來了。

——彌彥頻道，不是有個從ＩＳＳ「現場打電話」給觀眾的單元嗎？當時抽到了我，可是那個時間，我因為參加喪葬法事之類的，沒辦法接電話。晚點看到來電紀錄，從號碼才知道是彌彥頻道～～

記得我之前就曾抽中彌彥頻道的現場電話單元，只是就因為我剛好不在家，沒辦法接電話，讓我非常懊惱。那次就是「第三十六集」。

當時，我到最後都沒能接電話……結果是改抽另一位觀眾嗎？

我翻找記憶，但想不起確切的情形。沒辦法接彌彥打來的電話讓我太懊惱，大概只有這一集我沒仔細看。

『好的，那麼我們來打電話！……撥出。』

彌彥用已經成了慣例的動作按下手機的撥出按鈕。

下一瞬間。

——！

尖銳的手機鈴聲從放在桌上的智慧型手機響起。

「這……！」他嚇了一跳。手機畫面顯示陌生的號碼，通知來電。

這不是真的。不可能。我聽著鈴聲，凝視手機。

——是巧合。

畫面上，彌彥拿著手機打電話。嘟嚕嚕嚕的鈴聲不斷響著，等待對方接電話。

是巧合。巧合。只是剛好有人在這個時候打電話來，就只是這樣。例如是剛剛的「伊緒」要惡作劇，又打一次電話來。沒錯，這就有可能。那個吃定人的貝雷帽少女難保不會做出這種事。

不知道我們想的是不是一樣，只見「他」也慢慢地將顫抖的手伸向手機。

他先用褲子擦了擦冒汗的手，然後輕輕按下手機上的接聽鈕。

鈴聲停止——同時電腦畫面上那嘟嚕嚕嚕的鈴聲也停了。這不約而同的時機。

接著——

『喂～～！』

手機通話孔傳來男性說話的聲音，而這聲音也和畫面上的男性同步。

啊，啊啊啊啊……！

打電話來的人以和畫面上的太空人一樣的發音與抑揚頓挫，這樣報上自己的名字。

『你好，我是彌彥流一。請問是「平野大地同學」府上嗎？』

【2018→2008】

「啊，啊……」

一瞬間有種喉嚨乾渴的感覺。
耳邊的手機傳來他說話的聲音。
『喂～～？請問聽得見嗎？』
「啊，啊……聽……聽得見……」
「他」以小小的聲音答話，從聲調就聽得出他由衷感到震驚。
『啊，太好了。請問是「平野大地同學」府上沒錯吧？』
「是的……沒有錯。」
說話聲音變尖。
不可能。
沒有這種可能。
彌彥死了，所以這不可能是彌彥。
然而，就像要顛覆我這種常理判斷，無論「彌彥」說話的聲音還是「他」回答的聲音，一切都在彌彥頻道這個節目完美地同步播放。

『那麼我重新問個好。平野大地同學，你好，我是太空人彌彥流一。請問現在你是不是在收看彌彥頻道呢？』

「是的……我在看。」

他以顫抖的嗓音回答。彌彥笑咪咪地道謝：『這樣啊～謝謝你一直這麼支持。』

『謝謝你每次都寄明信片來。之前在提問單元，你也曾經寄明信片來參加吧？』

「是的……有過……」

不可思議的是，彌彥頻道中播放的「平野大地」說話的聲音顯得十分稚嫩，就像小學生一樣稚嫩——不，記得那是——

「我」八歲時的聲音。

『大地同學喜歡太空嗎？』

「是、是的……很、很……喜歡。」

「他」回答問題的聲音完全破音了。連我也透過體溫的上升與脈搏的變化，真切地感受到重度的緊張。當然會這樣。

彌彥流一。不只因為他是太空人，不只因為他是天才工程師。

他精悍的臉孔、率真的眼神、透出堅定意志的英挺眉毛，他像戰隊英雄一樣揮著手回到地球的英姿，小時候的我不知道看得多麼目不轉睛，在電視機前發出多少次歡呼。

再有名的運動選手，再受歡迎的偶像，再大牌的歌手，都不如他讓我這麼崇拜。他是世界第一，不，是全宇宙第一的英雄。從小時候，甚至到了長大成人後，他對我都是獨一無二的大明星。

而這個彌彥流一在跟我講電話。他對我說話，叫我的名字，對我問問題。這樣不緊張才奇怪。

就好像是只會在特攝電影中出現的超級英雄從電視裡面走出來，出現在自己面前的感覺。

『大地同學看過ＩＳＳ嗎？……對對對，就是那個。從地球上也能用肉眼看到對吧……嗯，嗯，這樣啊～好厲害啊。是喔，原來你認識ＪＡＸＡ的員工啊～～』

和彌彥流一的對話還在繼續。「他」雖然極度緊張，仍以顫抖的聲音回話。不知不覺間，拿著手機的手上已有一層汗水，眼睛直盯著顯示「現場直播」字樣的畫面中彌彥流一的身影。畫面上播放出的是八歲的平野大地說話的嗓音，儘管太有分寸的說話口氣醞釀出一種不像小學生會有的禮貌感，但「他」似乎沒有餘力顧及這一點。就連並非直接在對話的我都有種心臟揪住似的緊張感。還是說，這是「他」的緊張波及我了？

就在這種緊張的對話中——

『——對了，大地同學以前也寄了明信片來吧。呃……記得是在提問單元的時候……啊，有了有了，是第十五集。』

彌彥似乎在找以前的集數，視線落到眼前的螢幕上。

接著，彌彥對「他」問了這個問題。

『大地同學說過想當太空人——對吧？』

「——！」

我明白感受到他倒抽一口氣。

「啊……唔唔……」

「他」就像喉頭哽住，發不出聲音。

【要怎樣才能變成像彌彥先生這樣的太空人呢？】

八歲的平野大地的確寄了這樣一張明信片到彌彥頻道。然而，現在待在電話這一頭的卻是過了將近十年，失去了夢想的高中生平野大地。

『咦？喂？』

「……！……啊。」

我對「他」的苦惱瞭如指掌。本來對已經放棄當太空人這個夢想的「他」而言，「NO」才是正確的回答。然而面對崇拜的人，無法老實說出這個答案的心情，我也痛切地體會到。但如果這個時候回答「YES」，那就不只是在對自己的心情，同時也是在對彌彥說謊。只有對這個人——對自己從小時候就崇拜的英雄彌彥，不想偽裝自己。

這種心情不只他有，我也一樣有。

『大地同學？喂～～？』

「……！」

「他」握手機的手在發抖，窮於回答。

——該怎麼辦……

我看著面對崇拜的人，一句話都說不出來的「他」，拚命送出聲援。直到前不久，我們還是互相爭奪「身體」控制權的敵人，現在我卻滿心只想為「他」加油。

所以……

我勉強動起空著的右手，然後——

【加　油】。

把訊息寫在桌上的筆記本上。

——加油！加油啊，平野大地！

我一邊默唸這句話，一邊在筆記本上寫下扭曲的文字。

【不用怕】。

這是我竭盡所能給出的聲援。八歲的平野大地因為沒能接到彌彥流一打來的電話而懊惱不已。然而，我不希望現在的「他」也陷入同樣的懊惱。難得能和崇拜的人講電話，而且是和彌彥流一對話，這樣的奇蹟多半不會再有第二次，我不希望他以會留下後悔的方式結束這次對話。

——加油！加油啊，平野大地！請你，加油……

不知道是不是這樣的祈禱送進了他心裡。

「！……啊。」

「他」勉力擠出聲音，繼續對話。

「那個……」

聲音小得幾乎聽不見。

「彌彥，先生。」

『嗯，什麼事啊？』

彌彥以平靜的嗓音溫和地回答。是因為顧慮到對方是八歲的小男生，還是他體察到了我這邊的緊張呢？

「我……很糟糕。」

「他」斷斷續續地說起。

「不……不管……做什麼……都做不久……」

畫面上傳來小朋友說話的聲音。

「不管考試……還是足球……只要碰到一點挫折……馬上就放棄……所以……比

起……那些想當太空人的人……不管比什麼，我都比不上……」

這番表白不像是小學生會說的。那是回顧自己半生的懺悔。『嗯，然後呢？』但彌彥靜靜地應聲，傾聽「他」說話。畫面上的彌彥眼神非常平靜。

「班上的朋友……想當醫生、設計師……還有偶像明星……大家，都擁有『夢想』……」他以快哭出來的聲音說出自己的自卑。「可是，只有我沒有夢想，沒有目標，什麼都沒有……」

不可思議。

真沒想到澈底以冷笑看待大家的夢想的「他」，心裡是這麼想的。

「可是……我好怕。」

他用顫抖的嗓音說下去。

「我，好怕夢想。」

『怕夢想？』

彌彥溫和地回問，他點點頭說「是」。

「追逐夢想……然後失敗……我好怕會這樣。」

這我也一樣。對全力追逐夢想、拚命努力，卻還失敗的可能懷有恐懼。

「如果，如果……真的失敗……」

他一心一意吐露真心話。

「我想我一定會……討厭夢想……討厭太空人……」

彌彥沒打斷他說話，就只是默默傾聽。就現場直播的節目來說，這樣的播出內容已經近乎失控，照常理推想，主持人應該會覺得為難。但彌彥就像自己也有著同樣煩惱似的，帶著認真的眼神聽他訴說。他明明人在太空，卻讓人有種親近感與安心感，就好像他就坐在身旁的椅子上聽自己說話。

說話的聲音卡住，沉默維持了好一會兒時。

『怕夢想……是吧。』

彌彥流一喃喃說著。

『我啊，有時候……也會怕。』

「咦？」

『雖然我不太清楚可不可以說這種話……』彌彥正經卻又有些沒自信地低頭說著。『現在我雖然在ISS上像這樣做實驗，蒐集研究需要的資料，可是……我也曾經擔心我們的CH細胞研究，真的會是能夠拯救人類的計畫嗎，想到搞不好花了這麼多的預算……結果也可能會宣告失敗，什麼都沒留下。』

彌彥這個人就像自信的結晶，這樣一番喪氣話實在不像出自他之口。

『當然，我確信這個研究一定能對人類的醫學和科學發展做出貢獻，也相信這些貢獻遲早能夠拯救許多人命……但就算是這樣，我有時候還是會不安。我們這樣說話的現在，地球上也有很多人是現在進行式地在對抗病魔……這項研究的成果受到期待。我會擔心我們能不能好好拿出成果，回報支持我們的大家……』

——連彌彥流一也會不安嗎……

仔細想想就覺得理所當然。想也知道不管是怎樣的人，都會有不安與恐懼。可是，我本來一直覺得只有彌彥例外，只有這個天才工程師，這個全民英雄不是這樣。

『可是啊，大地同學，我同時也會這樣想……如果害怕失敗而放棄研究，到時我一定會更加後悔；想到停下腳步逃避可怕的事情，結果可能反而會更可怕。所以啊——』

彌彥說到這裡，從畫面的另一頭看著我的眼睛宣告：

『大地同學，「可以害怕，沒關係的」。』

「可以害怕……沒關係？」

『對。』年紀輕輕就成了英雄的天才述說：『因為大家都是這樣。不只追夢的人，選擇什麼，做出決定，做出會左右將來的選擇，這種事誰都會怕……人生很可怕。』

人生很可怕。這句話靜靜迴盪在耳邊。

『因為人生只有一次，不管是誰都是第一次活，也是第一次死，所以大家都會怕。大人一副什麼都懂的模樣，一臉沒事的表情，可是每個人都是人生的初學者。不管是活著、死去、年老、夢想，還是挫折……大家都是在這個人生裡第一次經歷，在只有一次的人生裡，一再做出從本質上就絕對無法挽回的選擇，這樣活下去。這種事，想也知道每個人都會怕。』

那個勇敢的太空人——沒錯，在太空有勇氣為了心愛的人捨命的人斷定「人生很可怕」。

『所以啊，我是這樣想的，維持害怕沒有關係。重要的是，不要被這種恐懼壓垮。不要撇開目光不去看害怕的事，要面對恐懼，然後選出自己的人生。』

彌彥這番話說得非常平靜，卻讓人感受到他是用自己的話在說，總覺得說給我這種人聽未免太可惜了。想必他這種脆弱的一面連身邊的人，又或者連妻子天野河詩緒梨都不曾見過，卻為了我這種人露出這樣的一面。一個弄不好，他這種發言日後也可能招來批判。也許會有人指責他明明沒有自信，還動用天文數字的預算。可是，彌彥就是覺悟會有這樣的風險，現在好好面對我——面對「他」。

——爸爸是全宇宙第一。

以前聽星乃說過的話在腦中掠過。

「彌彥，先生……」

這個時候，「他」總算張開了緊閉的嘴，說話回應。

「你說的話，我很清楚。我很清楚，你在教我非常重要的事情。可是……這樣講很沒出息，可是，我真的，自己都討厭自己，但是……我還是會怕……我沒有面對恐懼的勇氣。我不像彌彥先生，這麼堅強……」

『大地同學……』

他呼喊大地同學的聲音簡直和他女兒星乃一模一樣，讓我覺得揪心。

「我、我……和、和你不一樣……我非常，渺小……」他悲傷地說下去。「可、可是，你……彌彥先生，對、對我來說……很高大，很強壯，不管什麼時候都待在很高的地方，很耀眼──對，就像夜空中遙遠的『星星』，你就是這種很厲害，真的很厲害的人。對我來說，彌彥先生就是這樣的人。所以，我……」

那是喪氣話，是懦夫的胡說八道，正因為這樣，對他而言，對我而言，都是真實。

「你這顆『星星』，對我來說，是遙不可及的……」

在遙不可及的地方發光──所以才是星星。我覺得他說得沒錯。而我已經太成熟，已經沒有辦法朝夜空踮起腳尖，伸手去抓星星。

我本來明明是這麼想的。

『星星，是吧……』

彌彥的視線凝視遠方。他是從ＩＳＳ凝視太空，還是凝視著地球呢？

『大地同學，聽過這樣的說法嗎？』

彌彥用唸童話故事給小朋友聽的溫和聲調述說：

『太空中閃亮的星星，我們能夠用肉眼看見的星星，幾乎都是「恆星」，都是燃燒自己的星星。離我們最近的就是太陽了。』

這是我小時候也從科學圖鑑中看得津津有味的知識。

『這「恆星」裡面，有著氫、氦，還有碳、鐵、鎳……啊啊，抱歉，會不會說得有點艱澀了？裡面就是有這許多各式各樣的物質。這些物質叫作「元素」，就是這些叫作「元素」的物質不斷累積在「恆星」裡，最後變重，然後引發「爆炸」。你聽過「超新星爆炸」嗎？』

「聽過……我知道。」「他」小聲回答。

『這「超新星爆炸」在太空那很漫長很漫長的歷史中，一次又一次重複發生，把我剛才也說過的「元素」——也就是「星星的碎片」灑向太空。然後到了大約四十六億年前，「太陽系」誕生，我們居住的「地球」也跟著誕生——於是「生命」誕生了。』

彌彥說起星星與太空歷史時，眼神非常閃亮，彷彿他的眼睛本身就是恆星，帶有熱度。

『你明白嗎？我們的「生命」，就是從「星星的碎片」誕生的。』

「星星的，碎片……」

『沒錯。』彌彥點點頭。『不管是你，還是我，都是由「星星的碎片」構成的。』

接著彌彥流一從畫面的另一頭用力看向我。

『所以啊，大地同學，你說「星星」遙不可及，這麼說就有點不對了。』

彌彥帶著正經的表情宣告。

『「你自己就是『星星』」。』

「我就是……星星？」

『對，沒錯。人類全都是從「星星的碎片」誕生，說來都是「星之子」。所以任何人都能變成「星星」。我就是這麼認為才會「為自己的『女兒』也取這樣的名字」。』

——咦？

彌彥的女兒的名字。

『因為她是星之子——就叫作「星乃」，年紀正好跟你一樣。』

星乃——星之子。從意想不到的地方得知星乃名字的由來，而且還是從她的親生父親口中聽到。

「可是，星之子(太空寶寶)和我，還是不一樣……」

『你在說什麼啊！你的名字裡不也有「星星」嗎！』

「咦？」

名字裡……有星星？

『大地同學，「大地」英文叫作「earth」喔，然後「earth」還有另一個意思。』

「啊……」聽他說到這裡，「他」也發現了。「地球？」

『沒錯，就是地球。地球這個母星的名字，就是你的名字。』

大地——earth——地球。

這只不過是牽強附會的文字遊戲。可是說這話的不是別人，而是彌彥流一，就讓我愈想愈這麼覺得。而且最重要的是，想到我的名字也和星乃一樣和「星星」有關，就是讓我覺得開心。

我本以為「星星」遙不可及。

可是，我的身體是由「星星」構成，而我存在於此時此地。

接著彌彥流一以溫和的聲音說了：

『人類的腳步也是一樣。西元一九〇三年，威爾伯和奧維爾，也就是萊特兄弟，達成了人類史上首次的動力飛行時，起初也只飛了大約三十七公尺，時間只有十二秒左右。就只有十二秒。可是，這十二秒，成了對人類而言非常大的一步。過了六十六年後的阿波羅計畫，人類抵達月球表面時，已經去到了離地球約三十八萬公里遠的距離，比起這個數字，萊特兄弟飛行的距離只有千萬分之一。這區區千萬分之一的成功，就是一切的開始。』

這是以前彌彥頻道上，彌彥也曾說得十分熱烈的話題之一。人類去到太空的路途是那麼漫長艱險，而人類就是一步一步慢慢走到今天。

『「只要一點點就好」。』

——啊……

『起初，只要努力那麼一點點試試看。萊特兄弟起初也只飛上天十二秒，所以啊，我是這樣想的，首先就努力十二秒看看。哪怕從終點看來只前進了千萬分之一，仍然確實是偉大的第一步。』

彌彥態度平靜，說話語調卻充滿熱忱。對小學生說得這麼熱烈的人是星乃的父親，是我崇拜的人物，從我兒童時代就是我永遠的超級英雄。

『所以，大地同學——』

就是在這個時候。

『——只要燃燒就行了！』

畫面上，一名黑髮女性擠到彌彥身旁。

啊……！這個人我當然也認得。

天野河詩緒梨——星乃的母親。

『你就是「星之子」，所以接下來只要火熱燃燒就行了！就像恆星一樣要燒得很旺！不用擔心，就算不敢吃青椒也當得上太空人，所以你也當得上！』

『等等，詩緒梨，我現在正在講很重要的事情講到一半！』

『阿姆斯壯船長不也說過嘛！就算對人類而言只是一小步，對你自己來說也會是偉大的飛躍！』

『我怎麼記得他那句話不太一樣……』

『對了，彌彥，差不多要到出任務的時間了，不要緊嗎？』

『唔啊！這麼快！』

彌彥嚇了一跳，查看時間，然後搔搔頭。不知不覺已經過了相當長的時間。彌彥頻道本身還在直播，但早就過了正常的結束時間。

『那麼，本週的彌彥頻道就到這裡！』

『喂，詩緒梨，不要自己收掉！』

『那我們走啦，少年！當太空人，加油喔！』

『啊，抱歉，大地同學，我們這邊搞得很忙！可是我今天說的話是真的，就算只是那麼一點點，我還是希望你能踏出第一步——那麼，本週的彌彥頻道就到這裡結束！我是彌彥流一——』

『我是天野河詩緒梨！』而最後，兩名太空人紛紛呼喊。

『加油，少年！』詩緒梨靠近畫面呼喊。

『我們支持你！』彌彥在她身旁發出強而有力的聲援。

接著——

『『我們在太空等你！』』

【2018】

當兩人異口同聲喊完，節目宣告結束。

這暴風雨般的直播節目在一陣忙亂中過去，然而——

「加油，少年！」「我們支持你！」——兩人的呼喊清清楚楚地留在耳邊，在心中迴盪。

「他」沉默了好一會兒。寂靜中，僵硬的手就像要抓破大腿上牛仔褲布料似的用力握緊，然後——

「嗚……」喉頭發出聲音。

接著「他」——

「嗚，嗚嗚嗚～～」

他雙手放到膝上，朝著畫面鞠躬似的彎下腰。

然後壓低聲音，肩膀顫動，哭了出來。

火熱的液體流過臉頰，一滴滴落到放在膝蓋的手背上。

視野模糊，看不清楚前方，但心中滾燙得像在燃燒。

——我們在太空等你！

「嗚，嗚嗚嗚，嗚！……嗚〜〜！」流出的眼淚讓臉頰好燙。

胸口揪在一起，就像自己成了恆星似的火熱。

他哭了。

等他的眼淚以及紊亂的呼吸都穩定一些，我在只剩最後一頁的筆記本頁面上——

【如果　不介意】。

我就像自己鼓勵自己似的，寫下這樣一句話。

【我們要不要　也試著　努力一點點？】

他沒回答。

電腦的電源指示燈在因眼淚而模糊的視野中，就像星星那樣閃爍，我聽著他一次又一次吸著鼻涕的聲音。

終章　結束與開始

是什麼時候睡著的呢？

——唔……

一醒過來，就覺得全身都痛，讓我發現自己趴在桌上睡著了。電腦開著沒關，手臂底下夾著翻過來的滑鼠，壓得這個部位麻麻的。

「呼啊……」我大大打了個呵欠，先伸伸懶腰再說。我心想怎麼會在這種地方睡著，揉揉僵硬的肩膀——

不對？我對揉著肩膀的自己覺得不對勁。

我看看手。手指會動，可以握拳，可以彎曲手肘。

身體——可以動。

「啊……！」

我從椅子上站起，還用力過猛導致膝蓋撞到桌子底下。我一邊喊痛一邊揉著撞到的部位，而這尖銳的疼痛現在讓我格外懷念。

身體，恢復原狀了……？我低頭看著自己的身體，為能夠自由活動手腳而吃驚。

被「他」——第一輪的自己——占據的身體，現在已經恢復原狀。感覺像是暌違許久後再度搭上這台叫作自己的機器人，又像是本來應該睡在遠方的旅館，卻在自己的房間醒來。有種奇妙的突兀感卻又有著自己的身體才有的一體感。

他——跑哪裡去了？

先前我一直想拿回自己的身體，然而一旦像這樣恢復原狀，就掛心起消失的「他」。直到剛才都是這樣——一起收看彌彥頻道，然後和我崇拜的——啊啊，我想起來了，原來那不是夢啊——彌彥流一談過話，甚至還對他吐露人生的煩惱。

我將電腦開機，並且查看手機畫面。可是，無論是直到昨晚應該都還在的ＡＰＰ——「Tachyon-Sceiver」，還是彌彥頻道的收看紀錄，都沒留在裡面。

「啊……」接著我發現了。

發現桌子上有張「簽名板」架在筆記型電腦後面。

拿起來一看，上面有著像是被眼淚沾濕的水漬，而之前都空白的部分用小小的，真的很小，顯得很難為情的字——但又明顯看得出是「他」的筆跡，寫了這樣一行字。

那是大家一起寫上的將來的「夢想」。

【太空人】　——平野大地

○

這天早上。

許久沒來的公寓，讓我產生了一種彷彿回到遙遠故鄉的鄉愁，感覺好懷念。

銀河莊二〇一號室。

爬著走慣的滿是鐵鏽的樓梯上去，當那分不出是藍色還是黑色的太空色大門出現在眼前，就有種像是雀躍，又像是被悸動弄得揪心的感覺。我先呼吸一口氣，然後按響門鈴，就看到對講機的指示燈閃爍。我上次來到這裡真的已經是很久很久以前的事。我利用等待的時間想著該用什麼樣的表情見她，又該怎麼解釋到今天為止的情形。可是，能像這樣再見到星乃讓我很開心，喜悅明顯勝過不安。

等了一會兒，聽到門後傳來乒乒乓乓一陣聲響。我一邊想著她為什麼需要這麼慌，一邊下定決心，總之先道歉再說。我真的做了很對不起星乃的事，就算道歉也不覺得可以就這樣得到原諒，然而——

正當我想到這裡。

門喀啦一聲開了。

「星——」

乃這個字還沒說出口，就有個黑黝黝的東西映入眼簾。

房間內的黑暗中，像貓一樣反光的雙眼。瞪著我的目光充滿了敵意。

「大地同學——！」

當我心想不妙時，槍口已經噴出火苗。

「你不守約定是吧——！」

空氣槍的子彈就像機槍掃射似的灑出。「喔哇！喂！別這……！」我轉身就跑，但對手不會就這樣停止追擊。

「你還說每天都會來——！」少女一邊呼喊一邊朝我發射空氣槍。

「痛痛痛痛……！」

「還說只要我找你，你隨時都會來——！」她一邊開槍一邊跑來，根本躲不開。

「痛痛痛痛痛！」

「你扔掉了，平野，大地劵——！」她把話切成一段一段說，猛灑子彈。

「是我不好，都是我不好！原、原、原諒我啊——！」我喊著這些像是花心的丈夫在夫妻吵架時會說的話，一邊全速逃跑。

「我最討厭你了！大地同學，這種人，我最、最、最討厭了——！」

我在憤怒的槍彈下四處逃竄之餘，想起了一件事。

那就是違背平野大地劵約定的罰則——少女的「我會把你打成蜂窩」這句話。

「大地同學，這種人，就該被打成蜂窩——！」
於是我被打成蜂窩，直到少女的子彈用盡為止。

○

這天放學後。
「也快要跟這景色說再見啦～」
伊萬里從校舍屋頂依依不捨地望向校園。
「……就是……說啊。」我吞吞吐吐，表達小小的贊同。
今天我找伊萬里來，是因為有話非得跟她說清楚不可。也就是「第一輪的我」答應伊萬里的表白，於是和她交往這件事——
為了「了結」這件事。
「我說啊，伊萬里。」
「嗯？」
少女轉過身來，金髮輕柔地披到肩上，光的粒子溜過。夢想、青春與生命力，這三者一應俱全的少女，配我這種人簡直可惜了，但也正因為這樣，我更是非說不可。
「呃，那個……」

一到要實際說出口，話就卡在喉頭。前幾天才說要交往，現在就提分手，怎麼想都覺得我這男的很過分。

我正想到這裡而遲疑——

「——該不會，是要提分手？」

咦？她突然說出這種話，讓我嚇了一跳。

「我說對了？」

「這……」

「沒關係啦，不用勉強。」伊萬里淡淡微笑。她語氣正常，眼神卻有些悲傷。「還是沒辦法跟我交往——就是這麼回事吧？」

我該說什麼才好？既然不能說出有第一輪的我存在這回事，那就只會變成差勁的藉口，讓我覺得愈是不想傷害她，就愈會讓我自己變得卑鄙。一切都是「我」——平野大地灑下的種子。

「抱歉。」

「可以問你理由嗎？」

少女把視線朝向校園，平靜地問起。

「理由……」

「到頭來，平野還是對那個『外星人』──啊，沒事，還是別說了。」伊萬里說到一半，自己打住。「我早就知道了。畢竟我要去比利時，也是啦，啊哈哈，一開始就要遠距離戀愛，真的有點強人所難吧……」

「不，那個……」我想否定，但說不出下一句話。「抱歉……」

連理由也不說就道歉，那就只是在保護自己。但我能做的也只有這樣，讓我厭惡起卑微的自己。

對這樣的我──

「沒關係的。」少女輕鬆地笑了笑。「是我自己決定出發前非說不可，然後自己撞得頭破血流而已。可是，這樣我就痛快多了。」

伊萬里特意用清爽的語氣說。

「畢竟我不想留著一件掛心的事出國，而且仔細想想，這是我第一次留學，還是腳踏夢想和戀愛兩條船，對我來說真的有點太難了吧，嗯。」

從她愈說愈快看得出她是在強顏歡笑。我無地自容。

「不過話說回來，這帳我還是要算一算吧。」

「算帳？」

「平野，你轉過去。」

咦？

我不明所以，轉身背對她。結果——

「嘿！」

「好痛！」屁股傳來一陣劇烈衝擊。我跳了起來，回頭一看，發現伊萬里以踢起右腳的姿勢大笑。

「這就是玩弄少女純情的代價！」

她爽朗地說完這句話，輕輕擦了擦眼睛。

○

伊萬里離開後，我獨自被留在屋頂。

正當我按著後腰喊痛——

「平野同學……？」

「喔哇！」我嚇了一跳，回頭看去，發現一個意外的人物在場。從機房探頭出來的，是個戴眼鏡的少女。

「宇野，妳怎麼會在這裡？」

「這是我要說的話。」宇野帶著顯得不滿的表情說：「我在屋頂預習舞蹈課，結果你和盛田同學突然跑來……有重要的事情，可以多看一下四周有沒有人再開始講嗎？」

「抱歉……」今天我一直在道歉，愈想愈覺得沒出息。「這件事還請妳保密。」

「那當然了。」

宇野生氣似的說完這句話，接著說：「……我說啊，平野同學。」

「你為什麼跟盛田同學，那個……分手了？」

「這……」

我遲疑該如何回答，但覺得這時候說謊也太不誠懇。

「因為我……配不上伊萬里。」

這是我真正的心情。宇野默默聽著。

「而且我沒打算跟任何人交往。至少現在沒有。」

「為什麼？」

「因為，我有事情要做。」這是毫無虛假的心情。星乃的性命，以及未來。在我從「大流星雨」的威脅下保住這些之前，實在沒有餘力去想別的事情。

「……這樣啊。」

宇野沒細問。她的表情顯得五味雜陳，微微泛紅。

「那麼，我差不多——」

正當我要回去時。

「咿喲！」

臀部突然受到強烈的一擊。和剛才伊萬里的腳踢不同，像是被某種非常硬的東西從下往上頂的衝擊。我發出不曾發出過的怪聲後，整個人往前跌到屋頂的地板上。「喔啊……」我不禁喊痛，好一陣子站不起來。還以為尾椎骨要碎了。

「喂，笨……是誰！」

我一邊抗議一邊回頭看去。

「——啊？」

抬起腳的是黑洞，也就是黑井冥子。

「黑……黑井，妳怎麼會在這裡？」

「我陪宇野宙海練習。」黑井低聲說完，喀啦一聲轉了轉脖子，雙手手指開始霹啪響，散發出像是要幹架的氣場。

「那個，黑井……同學？」

「平野大地你覺悟吧。」黑井一抓住我的衣領——

——！

視野突然加速，我的身體離地。

當我理解這是過肩摔，已經是在喊出「呃呸！」一聲被摔完這一記之後了。多虧黑井沒放手，我的頭才沒摔到地上，但相對地全身竄過一陣讓我無法呼吸的傷害。

「冥、冥子，等、等一下啦！」我聽見宇野焦急的呼喊，但黑井只是「哼……」的一聲放下我的衣領。我就像被隨手扔開的垃圾，後腦杓從十公分的高度往地上一撞。

「嗚啊啊！」

黑井對按住後腦杓痛苦掙扎的我丟下這麼一句話。

「剛剛那是宇野宙海的份！」

○

冬天的寒冷緩和了幾分的三月中旬。

機場內擠滿了要出發的人與送行的人，窗外有巨大的飛機，在震耳欲聾的巨響展現出極具魄力的起飛場面。

「哎呀～～見不到伊萬里會很寂寞啊。」

「由你講出來就很輕浮，很假耶。」

「好過分喔。我也是在惜別啊，駱駝蹄。」

「那就擺出正經點的表情。還有別叫我駱駝蹄，不要連這種日子都這麼叫。」

涼介與伊萬里輕快地拌嘴。他們對話的氣氛感覺一如往常，卻又顯得有些感傷。證據就是換作平常已經踹下去的場面，現在也顯得比較無力。

「盛田同學，加油喔。我支持妳的夢想。」

宇野以水潤的眼神鼓勵她。

「妳幫我挑的服裝，我會好好珍惜的。」

「謝謝妳，宙海。我們彼此都要朝夢想加油喔。」

「嗯，我也會加油。」

「等我當上職業設計師，要讓我設計宙海妳的偶像打歌服喔。」

「我很期待。」

兩人互相聲援，隨後相互擁抱。

「…………」黑井什麼話都沒說。

「妳說點什麼啦，都這種時候了。」

「……再會了。」

「哇，我第一次聽見妳說話。」

伊萬里睜圓了眼睛，黑井就「哼」了一聲。

「伊萬里～～！要保重喔～～！要打電話喔～～！」

「喂，朝陽，鼻涕、鼻涕流出來了！」和伊萬里很要好的恆野朝陽流著鼻涕在哭。

平常這個女生給人的印象還挺滿不在乎，所以展現出這一面就有點令人意外。除了我們，還有其他女生也來到機場，喊著「伊萬里～～！」「要保重喔～～！」跟她道別。可以看出伊萬里在班上女生之間有多受歡迎。

我忽然和伊萬里視線對上。

「怎麼啦，平野，看你愁眉不展的。」她笑著走過來。

「沒有，那個……該怎麼說才好……」

「喂，不要一臉那麼沮喪的表情啦！又不是這輩子再也見不到面了！」

「……也是。」

「對吧？我是朝夢想起跑，你應該用力在我背上拍一記啊。」

「知道了……好好去努力吧！」我嘴上這麼說，卻只敢在她背上輕輕一碰。

「我說啊——」她苦笑著小聲問起：

「你在簽名板上寫了『太空人』……是玩真的？」

「咦？嗯～～那個……」

那張簽名板上寫了小小的「太空人」這幾個字。我就這麼交出去，前幾天被收進時光膠囊，現在已經沉睡在月見野高中的地下。

「……那個，這個，該、該說是玩笑嗎？」我說著像是在辯解的話，但這當然不是玩笑。只是不這麼說，我實在承受不了高中生還寫想當「太空人」的羞恥。

「不會吧。平野，你都猶豫了那麼久……其實，那是玩真的吧？」

「這……」

「只告訴我嘛，好不好？就當是送我去留學的餞別禮物。」

伊萬里手掩住嘴，在我耳邊這麼一問。我認命了。

「……嗯，算是……那個，玩真的。」

「這樣啊……」

伊萬里開心地微微一笑看著我。她的臉上沒有嘲笑，也沒有說笑的表情，就只是微微露出望向遠方的眼神。

「這樣啊……平野要當太空人啊。」

「啊，那個，都這年紀了，那個……可能有點幼稚啦……」我還是感到難為情，開始辯解。

「哦～～……」

伊萬里煞有深意地看著我的臉，然後用力——

砰的一聲，在我背上拍了一記。

——！

事出突然，讓我整個人往前跌。當我嗆得猛咳，她就露出豪邁的笑容說：

「太空人，很不錯嘛……！」

○

接著——

「那麼各位，我走啦！」伊萬里走向登機門，揮著手走遠。

「伊萬里～～！」「駱駝蹄～～！」大家紛紛呼喊。

「我走啦～～！還有不要到最後都叫我駱駝蹄～～！」她大大地揮著手，走向登機門。明明才要出發，她看起來卻像凱旋歸國的英雄，雄赳赳氣昂昂，非常帥氣。

「我搶先一步去實現夢想啦！」

於是少女朝新的未來踏上了旅程。她的一頭金髮閃耀著皇冠般的光輝，腰桿筆直的背影是那麼英姿煥發，讓我由衷有了這樣的念頭——

盛田伊萬里真的是個好女人。

○

「哇噗，呼，哇！……噗！」

「來，只差一點點了！加油……！」

我們今天也在包場的游泳池特訓。星乃抓著浮板仍搖搖晃晃，拚命打水前進。

「還有五公尺！」「嗚哇噗！」「還有三公尺！」「呼哞呼！」

星乃喝到水，手慢慢接近游泳池的彼岸。

「好，妳辦到啦！」

「噗哇！」

「妳辦到啦，星乃！二十五公尺，恭喜妳！」

星乃放下浮板，浮板彈出水面，高高飛起。

「……？咦？結束了？我游完了？」

「沒錯，任務完成了！」

「太棒啦——！」星乃舉起雙手撲過來抱我。

「唔哇，喂，不要在這裡抱……（噗嚕噗嚕）」

我們兩個一起沉入游泳池，然後「噗哈啊！」一聲探出頭。

「呼呀～～大地同學，飲料～～」

「好好好。」星乃從游泳池爬上來，就這麼倒到地上。我去自動販賣機買飲料。

「痛死了……」我走在游泳池邊，一邊揉著自己腳上的瘀青。這當然是前幾天星乃的

「槍擊」造成的瘀青。

——星乃，妳仔細聽我說喔。呃～我不太知道該從哪裡說起才好啦……對了，就從「第一輪」的人格說起吧。呃～照順序說就是……

我在空氣槍的槍擊下暫時撤退，再次登門拜訪，對各種事情道歉再道歉，星乃才總算願意給我機會解釋。包括「第一輪」的人格，還有我「被關在」自己的身體裡面等等，依照順序，時而次序顛倒，對星乃說明。星乃一直瞪大眼睛在聽，但這個少女果然頭腦比常人加倍聰明，大致的情形她很快就搞懂了。雖然我說話的時候槍口一直指著我，讓我七上八下就是了。

「呃～買柳橙汁給她可以嗎……」

我一邊用ＩＣ卡買自動販賣機的飲料，一邊和自己在玻璃上映出的臉孔對看。

關於「第一輪」的大地，在那之後就不再出現了。不知道他是沉睡在我心中，還是暫時退讓。這點我是不知道，但現在隱隱約約有種能夠和「他」共存的感覺。只是，「我」能夠用這「身體」，用這「人生」到什麼時候並沒有任何保障。即使如此，在我實現星乃的夢想，成功拯救她的那一天到來之前，我都想繼續這「第二輪」的人生，而且也非如此不可。

等到「他」下次出現，恐怕——

「大地同學，飲料還沒好嗎～～？」

我聽見星乃的聲音，回答：「馬上來～～！」

回頭看去，看見星乃才剛游完的游泳池。直到不久之前，連把臉泡進臉盆都不敢的少女，現在儘管需要靠浮板，仍然游完了二十五公尺。

她成功啦……我輕輕按住胸口。以前每次星乃朝著夢想努力，我都會覺得胸口刺痛，但現在不一樣。自己能坦然為她高興，讓我覺得好開心。

——太空人，很不錯嘛……！

就像朝著夢想踏上旅程的伊萬里在我背上推了一把那樣，如果我也能夠在別人——在星乃背上推一把，那是多麼令人高興的事情。

順便說一下，那張簽名板上，我的名字下面還寫了這樣的記號。

【太空人】——平野大地　&☆

這個【☆】是我說服星乃讓她答應加上去的。星乃本來很不情願，說不想參加地球人的時光膠囊，但我千拜託萬拜託，拿三天份的特製炸蝦便當交換才總算說動了少女。

寫上我們兩人夢想的簽名板收進了時光膠囊，等待開封的那一天來臨。我心想：希望能在我從「大流星雨」之下拯救星乃，實現了我們兩人的夢想之後，再和大家一起打開。當然是在大家的夢想也都實現之後。

我正想著這樣的念頭。

——喔，是涼介。

手機響了。

『喂？大地同學！』

我一接電話，就聽到涼介亢奮的喊聲在耳邊迴盪。

『之前的校內模擬考，我的名次上升了！我升到兩百七十名啦！』

「怎麼突然打給我？」

「我們學年是多少人來著？」

『三百零四人！』

「……那、那太好啦。」

三百零四人之中考兩百七十名，算是相當糟糕，但涼介說話的聲調仍然雀躍。

「順便問問，你上次第幾名？」

『正好三百名！』

「ＯＨ……」我不由得做出美式反應。我太小看涼介有多笨了。

『這就表示，我在校內超越了三十人啊！只要再重複九次，我就會是全學年第一，醫學系也會進入我的射程範圍了吧！』

「這……」

『謝啦，大地同學！這真的是多虧你了！好～唔喔～～～我要這樣一口氣衝到底啊～～～！』

儘管覺得事情沒那麼簡單，但電話已經掛斷。

只要小小用功，起初偏差值都會上升。因為底下的學生都沒在念書，要超越他們很簡單。愈往上爬，要提升名次就愈難。就像遊戲裡要升上10級左右都很簡單，但要練到99級滿級，需要大量的努力。

可是……

──只要再重複九次，我就會是全學年第一，醫學系也會進入我的射程範圍了吧！就是這麼回事。

──「一點點」，就是一切的關鍵。

涼介開始用功讀書是在第二學期過一半左右，所以他頂多只用功了四五個月。考慮到連題庫的漢字都看不懂而花在一直查電子辭典的時間，以及先前都在混的空窗期，效率也非常差。看在其他認真想考上醫學系的考生眼裡，是可以嗤之以鼻的等級。

可是，現在我懂。

──這就表示，我在校內超越了三十人啊！

對涼介而言，這是足以讓「視野」豁然開朗的升級。校內模擬考名次上升足足三十名，對涼介來說是前所未有的體驗，讓他得到了「用功讀書就會讓名次上升」這個看似單純，但對實際試著去做的人是再明確不過的實際感受——得到了這種成功體驗。自己升級的感覺。

——不必用現在的自己去硬拚。可是，只要努力「一點點」，你自己的視野就會因此改變。

我也能夠改變嗎？

——你要去點擊一點點，點出下一個畫面。這樣就會讓視野不一樣。

我用手指在手機上一戳，畫面立刻亮起。

就像不會游泳的星乃從把鼻尖泡進臉盆一點點開始；就像看不懂漢字的涼介從查字典開始。

哪怕起初只有一點點，只要開始努力，總有一天，我也——

我想著這樣的念頭，抱著兩罐飲料回去一看，發現星乃抱著腿坐在游泳池邊。把飲料遞給她，她就拉開拉環，咕嚕咕嚕地喝著。

「妳好努力啊。」「大地同學，摸頭。」「咦？」

我忍不住反問。摸頭？

「只要我努力去做一件事，爸爸都會摸我的頭。」

「真是的……」雖然不甘願，我還是摸了摸星乃的頭。我搔了搔她的黑色長髮，她就舒服地瞇起眼睛發出「唔～～！」的聲音。

「這樣就完成第十個任務了。再完成……八十九個，就當得上太空人了！」

「沒這麼簡單……不對？」

「怎麼啦？」

完成十個，還剩八十九個，也就是說……

「對了，妳為什麼把任務的數目設定成『99』個？這種事情應該要來個『100』湊整數吧？」

「咦？『99』不是比較有那種感覺嗎？」

「那種感覺？」

「大部分的遊戲，滿級不都是『99級』嗎？雖然也有999之類更大的數字啦。所以我就想說，『99』比較有升級的感覺。」

「…………」升級的感覺，99級，滿級。我重新體認到，就是這樣的說法構成了少女以玩遊戲的感覺完成任務的動機。對喔，第一輪的時候也是這樣，為什麼我之前都忘了呢？

「那麼，下一級……」

我想掩飾胸口慢慢湧起的懷念——

「得改掉討厭蔬菜的毛病才行啊。」

我這麼一說，星乃就「哼～」一聲噘起嘴，由下往上瞪著我說：

「我討厭青椒。」

【few days ago】

校舍角落一間老舊的用具間。

牆壁的外側，一名少女在哭。

眼淚滑過臉頰，一滴一滴落下。不管用手擦幾次都不會停。過了一會兒，還落井下石似的下起雨，淋濕了少女的肩膀，她的眼淚在臉頰上和雨滴混在一起流下。平常像寶石一樣閃耀的金髮現在也被雨淋濕，變得像是生鏽而導致鍍金剝落後露出的顏色。

忽然間，往少女身上淋的雨水消失了。

「……？」

抬頭一看，身旁站著一名少年。咖啡色頭髮的少年為少女撐傘，擔心地看著她。

「怎麼啦，伊萬里？」

「別管我。」

「可是……會淋濕的。」

「走開啦，笨蛋涼介。」

少女不理他，但少年不離開，就只是靜靜為她撐傘。

雨勢沒轉強也沒轉弱，就只是下個不停。

少女失戀了。即使平常逞強，即使有朝著夢想展翅高飛的勇氣，少女的心仍然柔軟，心意也很純真，所以才更容易受傷。

「雨都不停啊……」

少年一直為少女撐傘，直到雨停。

【mastermind】

晴朗的日子，某處公園。

像是找到了寒冬的空檔，旖旎的陽光照在長椅上。少女在這聚光燈般的陽光照耀下，視線落到一本書上，以很有氣質的動作翻到新的一頁。公園裡有小孩的聲音，小鳥的鳴叫聲隨著風在樹木間穿梭。風吹動少女的頭髮，紫色的光澤溜過。她成熟的模樣既像個文靜的文藝少女，眼神又亮出精光，像個充滿好奇心的小孩一樣洋溢著活力。

忽然間，四周的聲音消失了。

「——嗨。」
拉起視線一看，少女身前已經多了另一名少女。這名少女戴著貝雷帽，和成熟的紫髮少女相比，體格顯得非常嬌小，像個小孩子。
「該對妳說歡迎回來嗎——伊緒。」
「哎呀，妳好像不情願呢——蓋尼米德。」
「我當然不情願了。真沒想到自由時間竟然這麼快結束。」
犂紫苑仍然拿著書，微微噘起嘴。
「我不在的時候，妳似乎挺為所欲為呢。」
「輪不到妳來說我。妳又跑去各個時代，隨心所欲地改東改西了吧？」
「哎呀，說得這麼難聽。」伊緒裝傻地攤開雙手。「我做的全都是『調整』。別看我這樣，我也很辛苦的。」
「我每次都因為妳才辛苦。」
紫苑由下往上瞪著對方。被瞪的一方不改臉上的微笑。
「妳似乎對平野大地充滿興趣呢。那場『選秀會』已經結束了嗎？」
「嗯～～優待他一下，勉強算是合格吧。初審是合格了。」
「妳可真嚴格。」

「別說這個了，我有事情想問妳。」兩名少女在聲響消失、時間靜止的世界裡，繼續對話。「妳回到這裡，是不是就表示卡利斯多也在附近？」

「誰知道呢？」伊緒始終不正面回答。

「為什麼我是調整對象，卡利斯多就不是呢？」

「調整對象並沒有限定是誰。只是妳特別淘氣，才弄得我也有點費事。」

「哎呀，妳說話可真囂張。這是把我當小孩子看待？」

「對我來說，這個世界的人就像擺動搖籃的小孩。」

「妳可真妄自尊大起來了。」

「還比不上妳。」

兩名少女靜靜地交談，但其中一方已經沒有笑容。只有伊緒仍然面帶微笑，就像楊柳被風吹拂，滿不在乎。

「——所以，正題是什麼呢？」

紫苑合上書，靜靜站起。她的眼神變得有如野獸般銳利。

伊緒微微一笑。「呵呵呵，那還用說？蓋尼米德。」說著慢慢將手臂舉到水平。

「『我是來「調整」妳的』。」

【next】

西元二〇一八年三月十日，福島縣北部的一處山區。

「伯公～～我們要走多遠啊……？」

「快了，那邊再上去點兒就到啦。」

「你剛剛也說快了吧～～？」

宇野秋櫻夾雜著許久沒說的故鄉方言說話，走在絕對稱不上平緩的山路。走在前面的「伯公」——伯祖父，即使年過七十仍健步如飛。秋櫻基本上是在都會長大，光要跟上就已經竭盡全力。背帶陷進肩膀的相機今天感覺比平常更沉重。

「哎呀～～小秋，好久沒見到妳，我好高興啊。從以前我就覺得妳這孩子腦筋很好，不過聽到妳在東京當記者，可嚇了我一大跳啊。」

伯公比手劃腳，懷念地大談回憶。稱秋櫻為小秋是這個伯公的習慣，讓秋櫻想起以前每次回到鄉下都會請伯公帶自己去玩。在從事教師與公務員等較嚴肅職業者居多的宇野家族中，從事山林管理與採集山菜過活的伯公一直被稱為怪胎。只是，在一見面動輒以高姿態訓話的親戚裡頭，只有這位伯公從以前就一直很和善地對待她，所以她對伯公一點也不討厭。

「小秋，妳是記者嘛，所以都要做那個啊，那個，就是家獨。我覺得這會是個大家獨啊。」

「伯公，是『大獨家』啦。」

「對，就是這個大家獨啦～～對了，小秋，妳還沒結婚嗎？我幫妳介紹好對象。」

「麥嚨啦～～」

她之所以會特地來到福島，是因為這位伯公打電話通知她：『有大家獨啊！』說是在他幫朋友管理的山林中找到某種「不得了的東西」，所以叫她一定要來。秋櫻起初並沒怎麼當真，但對方實在太熱心，她才會這樣跑來一趟，想親眼看看究竟是什麼東西。

「小秋，這邊，這邊啊～～」

伯公撥開山林前進。「呼～～呼～～吁……等……一下……」秋櫻氣喘吁吁地追上。她腳下被樹根絆到，但還是勉強跟上，沒跟丟前面這個在稱不上路的路徑上不斷前進的背影。

接著——

「就是這兒！」

走在前面的背影在草叢中停步。他們已經相當深入深山，坦白說秋櫻沒把握自己一個人回得去。

——但願至少能當部落格的題材啊……

老實說，她對伯公說的大獨家這句話並不抱什麼指望。她來到這裡，是因為許久沒接到伯公打來的電話讓她很懷念，想偶爾來見個面。

然而，等著她的東西卻遠超出她的期待。

——咦？

那兒有著一個巨大的「圓盤」。

「啊，啊……」

「這個，我和地主伴野先生說該不會是『UFO』吧。小秋看了覺得呢？」

「伯公，這個……不是UFO。」

高得需要仰視的高增益天線、突出得像角的磁強計、像巨大盆栽的紅外線分光儀

——曾做過1／48塑膠模型的她一眼就認出了「這個東西」。

這個埋在深山土石中的物體名稱——

「不會吧……」

宇野秋櫻以茫然的表情喃喃說道：

「『航海家』……」

這一天，於西元一九七七年九月發射升空——本來應該在距離地球約二一〇億公里的太空飛行中的NASA無人宇宙探測船「航海家一號（Voyager 1）」，「在福島縣北部的山區被發

在流星雨中逝去的妳
She was killed by shooting stars.

現」。

（待續）

後記

各位讀者大家好，我是松山剛。這次也非常謝謝各位拿起這一集的《流星雨》。

第四集出版後，今年九月在MelonBooks秋葉原一號店舉辦了《流星雨》首場簽名會。也因為我自己是第一次辦簽名會，當天非常緊張，但有很多讀者蒞臨指教，令我真的感激無比。另外還有當天沒能見面的讀者也透過郵件或社群網站等管道，給了我許許多多溫暖的鼓勵，讓我得到了非常多的活力。真的非常謝謝大家。收到的粉絲來信，我會一封一封仔細看完。

簽名會上，我聽到了各種情形。例如有人向伊萬里的「管他的！」看齊，毅然自告奮勇競選學生會長；也有人小時候的夢想是當太空人，正以現在進行式追夢。就像這樣，我聽到了許多人告訴我有關他們「夢想」的故事。這讓我切身感受到了大家的熱情，成了一場在結束後仍然讓我滿腔熱血的簽名會。我在對簽名會已經很熟練的珈琲貴族老師與責任編輯的幫助下得以順利收場，而我想這次的體驗將會成為我一輩子的資產，今後每次寫小說，這些資產都會鼓勵我。

這次也承蒙非常多相關人士協助。

責任編輯I氏，每次都讓您陪我一次又一次改稿，謝謝您每次都這麼大力協助。

插畫師珈琲貴族老師，從草稿階段就送來令人起雞皮疙瘩的插畫。尤其「蓋尼米德」的插畫，有著令我聯想到第三集「葉月」的魄力，充分發揮出人物的魅力與存在感，非常謝謝您。

另外，關於書中登場的福島方言，在福島長大的伯母給了我寶貴的建議，每次都非常感謝您。

還有，「黑暗網站」在書中登場，但是為了防止有人惡用，也為了確保安全性，關於連上這些網站的方法，有些地方我特意把名稱模糊化或是換個名稱，這點還請各位讀者諒解。

參與本書製作、販賣、通路的各位，我要藉這個機會鄭重向各位道謝。

還有各位讀者，本書已經出到第五集，成為我個人史上最長的系列作。承蒙各位讀者陪伴本書走到現在，真的非常謝謝大家。主角總算朝夢想踏出了第一步，如果各位讀者今後也願意繼續照看著他，那就是萬幸了。

二〇一九年十二月　帶著點暖意的冬日午後　松山剛

青春豬頭少年不會夢到迷惘女歌手

Kadokawa Fantastic Novels

作者：鴨志田 一　插畫：溝口ケージ

咲太等人又碰上了未知的思春期症候群？
全新劇情展開的青春豬頭少年系列第十彈！

咲太等人升上大學，過著嶄新又平穩的生活，某一天——偶像團體「甜蜜子彈」的隊長卯月感覺怪怪的，總是少根筋的她居然會看周遭的氣氛……？咲太感覺事有蹊蹺，但是其他學生都沒察覺她的變化。這是碰上了未知的思春期症候群？還是——？

各 **NT$200~260/HK$65~78**

國家圖書館出版品預行編目資料

在流星雨中逝去的妳 / 松山剛作 ; 邱鍾仁譯 . -- 初版 . -- 臺北市 : 臺灣角川股份有限公司 , 2021.01-
冊 ; 公分
譯自 : 君死にたもう流星群
ISBN 978-986-524-197-1(第 4 冊 : 平裝). --
ISBN 978-986-524-346-3(第 5 冊 : 平裝)

861.57 109018343

Kadokawa
Fantastic
Novels

在流星雨中逝去的妳 5

（原著名：君死にたもう流星群 5）

2021年4月12日　初版第1刷發行

作　者：松山剛
插　畫：珈琲貴族
譯　者：邱鍾仁

發行人：岩崎剛人
總編輯：蔡佩芬
編　輯：孫千棻
美術設計：李思穎
印　務：李明修（主任）、張加恩（主任）、張凱棋

發行所：台灣角川股份有限公司
地　址：105台北市光復北路11巷44號5樓
電　話：（02）2747-2433
傳　真：（02）2747-2558
網　址：http://www.kadokawa.com.tw
劃撥帳戶：台灣角川股份有限公司
劃撥帳號：19487412
法律顧問：有澤法律事務所
製　版：尚騰印刷事業有限公司
ISBN：978-986-524-346-3

First published in Japan in 2019 by KADOKAWA CORPORATION, Tokyo.
Complex Chinese translation rights arranged with KADOKAWA CORPORATION, Tokyo.